春风掠过一个人的眼睛

文学新观赏 青少年读写范典丛书

高长梅 王培静 主编

石岸 著

花山文艺出版社

图书在版编目（CIP）数据

春风掠过一个人的眼睛 / 石岸著.—石家庄: 花山文艺出版社, 2013.6（2021.6 重印）

（"读·品·悟"文学新观赏·青少年读写范典丛书）

ISBN 978-7-5511-1028-0

Ⅰ.①春… Ⅱ.①石… Ⅲ.①散文集－中国－当代 Ⅳ.①I267

中国版本图书馆CIP数据核字(2013)第111880号

丛 书 名：文学新观赏·青少年读写范典丛书
主　　编：高长梅　王培静
书　　名：春风掠过一个人的眼睛
作　　者：石　岸

策　　划：张采鑫
责任编辑：于怀新
责任校对：齐　欣
特约编辑：李文生
全案设计：北京九洲鼎图书有限公司
出版发行：花山文艺出版社（邮政编码：050061）
　　　　　（河北省石家庄市友谊北大街330号）
销售热线：0311-88643221
传　　真：0311-88643234
印　　刷：永清县晔盛亚胶印有限公司
经　　销：新华书店
开　　本：710×1000　1/16
字　　数：165千字
印　　张：11.5
版　　次：2013年7月第1版
　　　　　2021年6月第2次印刷
书　　号：ISBN 978-7-5511-1028-0
定　　价：36.00元

读，是为了更好地写

高长梅

阅读的目的是长见识，是提升自己的文化素养。这是"读"的基本意义。

很多时候，我们的阅读也无任何的目的，就是为了消遣，为了解闷，为了打发时光。其实，这是"读"的另一种境界。

但对学生乃至爱好写作的人而言，"读"还是为了"写"，即人们常说的"读写结合"。这，却是大有讲究的。

"读什么"，"怎么读"，"读"如何促进"写"，这个问题困扰人们少说也有两千多年了。外国不言，单说我国自《诗经》始，《四书五经》到《千家诗》《古文观止》《唐诗三百首》，哪一个的"读"不涉及后人的"写"？"熟读唐诗三百首，不会作诗也会吟"就说明了"读"和"写"的朴素关系。

"读"于"写"的第一点，当是语言的积累。对绝大多数人而言，"会说"也"能说"几乎是与生俱来的，但这些不一定就是我们写作的语言。即使你"会说"、"能说"，但不一定能准确表述你的想法，你的所见所闻；尤其是不一定能用丰富的、生动的、形象的语言或简洁的、凝练的、科学的语言来描述人或事物或观点。写作当如建房，没有各式各样的语料积累，其结果可想而知。巧妇难为无米之炊，再牛的能工巧匠没有基本的建筑材料他也盖不起房子来。但语言积累，不是简单的语言记忆，要内化为自己的，要在自己的胸中发酵，要让它带上自己的思想、情感。这样，在写作运用时，就不会是简单的模仿甚至抄袭。即使是原句引用，也会与你的文章融为一体，恰到好处。初学写作者，常常苦恼自己词汇少，不能准确表述自己的思想；或苦恼自己写得干巴巴的，没血没肉；或苦恼自己虽写得字通句顺，却不像别人写的那样摇曳多姿；等等。多积累语言，是根治这种"疾病"的唯一药方。因此，我们在"读"时，就要看别人是怎么用字、怎么用词、怎么用句……来描写、叙述、来情、议论的。

"读"于"写"的第二点，当是技巧的化用。"我手写我心"，看似简单轻松，看似随意，但正如建房，砖头、瓦块、木料等都摆在了你的面前，却不是任何人都建得了房的，你得有建房的技能。写作也是一样，你得掌握一定的技巧。人物怎么描写，事件怎么叙述，情感如何抒发，道理如何论证，等等，你得掌握其基本的方法，然后才能"心到手到"，写出一篇像样的文章。我们要像建房者，先做"小工"，看人家是如何砌墙、如何粉刷的；然后做"匠人"，亲自实践，在模仿中掌握其方法，逐渐为我所用；"匠人"做多了，熟练了，就成了"师傅"。"师傅"一级，技巧娴熟，房建得漂亮。而用心的"师傅"爱钻研，爱琢磨，结合他人的方法创造出更好的新方法，他就成了"建筑师"。写作同理。我们不少阅读者，语言的积累比较重视，但琢磨人家写作技巧的不多，所以文学爱好者不少，但成为作家的就少多了，原因大概与这有一定的关系。因此，我们在"读"时，就要看别人是如何选择材料、如何谋篇布局、如何安排结构、如何运用表达方式、如何布置情节……看他们如何安排重点、如何把人物写活、件、如何条分缕析丝丝入扣、如何巧妙起承转合……

"读"于"写"的第三点，当是思想的融合。有了语言的积累，也掌握了一定的技巧，文章也写得是这么一回事了。但你的文章仅仅止于此，那也不过如同一栋能住人的房子而已。一篇文章品质的高低，除了语言的准确、生动、丰富、优美、灵动……除了构思的奇巧、结构的多元、情节的波澜、布局的精妙、手法的多变……是否有思想就显得格外重要。我们常说，这篇文章语言优美，构思巧妙，但立意不高。我们还常说，这篇文章不仅语言优美，构思巧妙，而且立意高，有思想。一篇仅靠语言打扮的文章，就好比一个俗人涂脂抹粉;一篇仅靠卖弄技巧和语言的文章,就像一个没有灵魂的美人卖弄风骚而已。语言可以记忆,技巧可以模仿,但思想要靠领悟,要融入作品之中去反复地阅读,要从深层次去寻找作者的精神。有的人的文章写得很美,技巧也妙,但就是没有深度,没有思想,没有灵魂,没有底蕴,往往就事论事,往往只是当复印机,复制了场景,复制了人物,复制了事件,但都是没有活力,没有生气,没有精神的。在阅读中提升自己的思想,的确常被我们忽视。思想靠别人的潜移默化来,精神也靠别人的影响而来。我们常听说在阅读中提升了自己,净化了自己,受了一次洗礼似的教育,等等,大约就是指这些吧。所以,我们在"读"时要琢磨别人是如何通过人物的描写表现人物的思想、精神,琢磨别人如何通过将一般人眼中的小事、凡事写出其社会价值,琢磨别人如何从一滴露珠看出太阳的光芒……如何选择语言材料最准确、最鲜明地表达出思想内容而非干巴巴贴标签,如何通过景、人、物悟出其蕴含的道理而非故弄玄虚牵强附会……

"读"于"写"的第四点,当是情感的交融。文章当有情,无论你是否抒了情,情就不自觉地流出了你的笔端。阅读中,我们除汲取作者的语言养料、技巧养料、思想养料外,还要品味、感受作者的"情"。与作者同悲,与作者人物同喜,置于作者笔下的优美环境而赏心悦目,等等。这就是受作者之"情"的"滋润"。文章是否感人,除了语言、思想外,有无"真情"很重要。朱自清的《背影》靠的是"情"的打动,鲁迅的《记念刘和珍君》这篇"血写的文章"其实靠的也是"情"的喷发。一篇只有华丽的语言而无思想的文章犹如没有灵魂的躯壳;一篇即使有非凡高度思想而无情感的文章也不过是一具可能具有文物考古价值的木乃伊。但"情"在文中的宣泄如何把握,这也是我们在阅读中要学习的。这也是我们常犯的错误。写作中我们或无病呻吟虚假瘆人,或情溢滥觞叫人发腻。让"情"如何恰到好处,非向好文章学习不可。这样,我们在"读"时,就要仔细琢磨别人是如何选择写作语言表达出作者的喜怒哀乐之情,如何传递作者人物的喜悦、哀思、忧怨、恋情，或深、或浅、或缠绵、或热烈、或似小溪的舒缓、或似大海的波涛、或似斗室之花的温柔、或似山野之花的奔放……看作者如何褒贬对象，看作者如何措辞达意致情，看作者如何巧借人、事、景、物以寄寓情感……

"读"于"写"的第五点，当是风格的鉴赏。所谓风格，它是一个作家成熟的标志，是作者在文章（文学作品）中表现出来的艺术特色和创作个性。我们鉴赏其风格，主要是学习他如何创造和完善文章（作品）的风格，也就是看作者在处理题材、驾驭体裁、描写形象、表现手法、运用语言等方面各有什么特色，最终形成了怎样的风格。这些风格，最后成了一个作家个性化的标志。当然，这是"读"的高要求了。琢磨多了，实践多了，很多写作者也形成了类似的风格，便也融入了原作者的风格之中，也就形成了"派"。比如"荷花淀派"、"山药蛋派"、"读者体"、"知音体"，等等。当然，也不能简单模仿，也要适时变化，否则当年散文必"杨朔式"、小说必"欧·亨利式"的文学闹剧就会重演。

习作者若能此，写出好文章就有可能了。

弄明白了这些，还有一个重要的问题是选择什么样的读物。读名著，当然好。但很多名著由于作者所生活的时代不同，社会环境不同，或阅读者的阅历不够，文化积累不够，不一定读得懂，更不用说借鉴于自己的写作了。

基于此，我们推出了这套《文学新观赏·青少年读写范典丛书》。这些作品，不是名著，但是属于好作品；没写重大题材，但大都真实反映了社会生活的变迁，人们精神面貌的焕然一新；没有高深莫测的技巧，但或平实、或奇巧、或清新可人、或浓郁奔放，更适合青少年读者学习、借鉴。

春风掠过一个人的眼睛

第一辑

时间之门

冷风掠过血液

　　阳光隔着若干个年月，仍然灼痛我的肌肤。我的双脚蹦跳着，我的身影极似一个疯癫的僧人。我路过一家扎紧篱笆的菜园。那葱绿的菜园并未使我停下脚步。我觉得今天能够记得它，那完全是因为它有了某种衬托的意味。就像大地上的山峦，它完全是天与地之间连接的纽带。山使遥远的天空更加遥远。那个有着牢固篱笆的菜园就横亘在我的记忆中。其实我是在逃离它。如果说我的身影确实掠过它的话，那也只是几分钟的事情。我那时精力充沛，在炽热的阳光下肯定有许多事情要做。菜园里头顶着硕大绿叶的红萝卜，当然同样不会使我的目光驻留多久。在时光将我的生命推至今日之时，那种恍如隔世的感觉，为何在我身上没有表现得如此强烈呢？这其中的缘由谁还能够理清呢？我一直在深思记忆这个东西的真实性——有时我深信有过那样的经历，而有时我完全将它们归之为虚幻，甚至是脑细胞老化所造成的幻觉。

　　比如，我的父亲，他在年近九旬时得了老年性痴呆症。因为经常迷失，他被家人"剥夺"了游走的权利。近日因为不慎摔断了腿骨，只能卧病在床。向来沉默少语的他突然变得絮絮叨叨。他的叙说持续有力，并且充满了激情。他已经不在乎他身边还有多少听众。他觉得他所叙说的那些陈年往事对他很有意义。他其中提到了一个人名叫王麻子，是个理发匠。他在给日本人理发时，不慎在那个家伙脸上划了一道口子，日本人二话不说就将他给枪毙了。如今王麻子却在我父亲脑子里复活了。

我父亲在最初的叙说中确定他已经被日本人杀害，可是他说着说着就说王麻子没有死，并声称此人已经站在他的床前，正和他热烈地交谈着呢。父亲显然产生了幻觉，但是他的幻觉却使我产生了恐惧。

我不由自主地就想到了那个夏天。我在阳光下奔走，我路过那个扎着篱笆的菜园……我不知道还有多少真实或虚幻的东西会向我接踵而来。我显然清楚自己生命的时钟并未像父亲那样渐至停顿。我的心脏还在持续有力地跳动着。我想我的记忆停留在那个夏天，或许还有其他的缘故。我不必恐惧，我要气定神闲地坐下来，给自己沏一杯上好的龙井，或者云南普洱。我要把自己过快的生活节奏缓慢下来，就像一匹疾驰的枣红马，应该给它勒紧缰绳，并且语气亲切地呼唤它一下——这些年来，我不断地说服自己，让自己的热血再冷却一些。有一天我拿起了遗忘许久的镜子，用十分钟的时间来端详自己的面容。当然我不是一个十足的自恋者。我主要在寻找那些隐而不见的东西。比如从容与淡定。在经历了数十年的人生光阴之后，我顿然喜欢上了那种状态也许不足为奇。稍后，我毅然决然地扔掉了镜子。我相信我的目光已经穿透了自己身体的每个部位。

现在，我抬起头来，信步走向阳台，或者打开窗帘。现在是上午，九点十七分，或者十点十二分。对时间的精确计算，对于一个悠闲者是残忍的，也是奢侈的。窗外有些风。一棵梧桐树好像看出了自己未来的命运——它把自己的身影交给了一片草地。一个很帅气的年轻人就在那片草地上来回走动。他可能在等待他的恋人。他焦躁的内心让我这个偷窥者看得一清二楚。我不禁要问自己：你何以断定他等待的人就是他的恋人？我原先是想继续偷窥下去的，来以此证实自己的揣测。但是不知为什么，我突然没有那个耐心了，或者说我对别人的事已经不感兴趣了。我回到了室内，我开始收拾房间。昨天洗好并且晒干的衣裳，我应该将它们烫平、叠加整齐，然后放入衣橱。在这期间，我还将早餐后没有收拾的碗筷一并放入水池中。

说起来，我是一个愈加慵懒之人，许多不为人知的生活细节，足以能够给我贴上这样的标签。当然我时刻没有忘记自己更重要的事情。我

常常在想，一个人的上午（我不希望室内突然出现另外一个人）应该是自足的，他有权支配那些有限的时间。他要做的事情或者他要思考的事情，别人是无法去深究其意义的。更为重要的是，在那些时间悄无声息的流逝之中，是谁在制约或主宰着我们？去年秋天的一个上午，我在阳台上开始阅读多丽丝·莱辛的《金色笔记》。据说全世界人都知道了这个英国老太太获得了诺奖，然而并不知情的她，却还在一家超市里很悠闲地购物。事实上，我并没有将这部书很有耐心地阅读下去。我只看了开头的一些章节。莱辛在第一章开头这样写道："1957年夏天，安娜和她的朋友摩莉别后重逢……"我就在这时莫名其妙地停顿了下来。我在想那个夏天发生的事情。当然那个夏天我还没有来到人世，但这并不妨碍我对那个夏天发生或将要发生的事情的想象。

现在是2009年冬天，我已经与莱辛失之交臂了。我是说，她的《金色笔记》已经从我的书橱里消失了。我不知道这部书今后是否还能重回我的手中。这好像是关乎一部书和一个人的命运。当然，我会命令自己赶快忘记这件事情，我也会为说服自己去寻找更多的理由。同样是2009年冬天，我从书橱里找出了尘封已久的《卡尔维诺文集》。事实上我一直很喜欢卡尔维诺冷静且又充满激情的叙事风格。"阳光紧贴着冰冷的墙壁垂直地往下照，一下照到小巷尽头，一些拱形建筑使得深蓝色天空看上去像是被分成一段一段的……"阅读这样的文字，会使我的心格外的沉静。这时候，我往往会将目光从书本上移开。我会毫无道理地中止阅读——就像凶猛的动物并不急于吃完它捕获的猎物。

通常是在上午十点多，我会走出家门，上街购物或者到处走走。我知道，莱辛或者卡尔维诺，和我相隔得太远（我无法去眺望他们杰出的身影）。我是一个世俗者。这个城市的世俗风气无法让我变得高尚。因为柴米油盐，我不得不去算计我每天所要付出的生活成本（最近我一直在想还要按揭多久，才能够真正地成为这个房子的主人）。当我的神经能够获得有效的松弛时，我当然会去眷顾自己身上那仅有的尊严与梦想。有一天黄昏，我在郊外散步。我突然就想到那个阳光炽烈的夏天，我匆匆穿过一片杨树林和一片玉米地，然后就穿过那座

扎紧篱笆的菜园。

在那个幽静的黄昏，我一再思考这件事情的真实性，并且在想象它与现实究竟会有怎样的勾连，或者说它的隐喻性到底是什么。在长久的走动中，我没有看到一片长势良好的庄稼或者菜园。大片的土地已经荒芜。有的正在建筑厂房。人们说触景生情，我绝对没有。我感到内心很空旷，冷风掠过我的血液，它们似乎波澜不惊。我极力向远处眺望。我十分清楚这种眺望并没有什么实际意义。我突然想到了老父亲，心脏猛然触电般地收缩。我知道，我应该去看望一下他老人家了。

消失与重现

少年时代，我喜欢一个人坐在河坡或田埂上仰望天空。这个形影相吊、在广袤的大地上显得那么缥缈的身影，你可能会在不同的时空里看见。这就是说，这个在别人看来多少有些怪异的习惯，我几乎保持了数十年之久。我甚至到现在都弄不明白，我为什么会对天空保持那样持久的痴迷？难道天空里永远有一个秘密在吸引着我？现在想来，我那时的内心是多么的空寂。无限的苍穹也许能够把我内心的孤寂化为虚无。我常常看到一朵云在湛蓝的天幕上，是如何的从无到有、接着是由小变大。天空就是一个硕大无朋的子宫，我目睹了一朵云从孕育到降生的全部过程。这个过程是奇妙的、更是让人感到匪夷所思的。后来随着年龄的增长，我很少再仰望天空了。我知道，那份莫名的敏感、遐思，都会在岁月的长河里消失殆尽。它们是缓慢的、无声的，时间的巨齿会把人的记忆撕咬得残缺不全。由此我想，一个人的成熟同样是可怕的，当你获得人生的阅历和经验时，那就意味着你的背影已被时间拉得很长，或

5

者说它离你生命的源头更加遥远。

　　此消彼长，当然是人世间最普遍的现象。日落月升，潮涨汐落，上天似乎在恪守着一种行为准则。它亘古不变的尽头，是宇宙之剧的再次上演？人类低下沉思的头颅，难道真的就能够听到上帝在发笑？其实，人类生命的持久与耐心，它几乎比一场暴风雪的消失还要短暂。就像我们很难目睹到一条河流的呈现与消亡。它与时间似乎保持着某种奇妙而又亲密的走向，它的具有寓言意义的葬礼，也许只能在上帝面前隆重地举行了。

　　人对生命的眷恋是天经地义的，但是一个自杀者为什么会义无反顾地将自己的生命拱手交付于死神？他在生死瞬间如何能够目睹自己生命的陨落？人生的游戏其残酷性在于：在许多情况下，我们都无法完成生与死的等价交换。小时候，我目睹过一只蝴蝶的死亡。那是一只五彩斑斓、因而显得异常美丽的蝴蝶。它在空中飘然飞行，并且在我头顶上绕来绕去。那时我在一片桃树林中行走。傍晚时分的树林异常的安静，那只蝴蝶飞行的姿态，一下吸引了我的目光。这个翩翩飞舞的小精灵在我心头顿生仰慕之情。然而，它在我头顶上飞行了几圈之后，以一个近乎完美的滑翔姿势，栖落在一棵桃树的枝丫上。它也许是为了保持身体的平衡，两只翅膀还轻微地扇动了一下，后来它就一动也不动了。当时我想，这只蝴蝶是在睡觉吧。为了不打扰它，我轻手轻脚地离开了。那只蝴蝶似乎给了我某种不祥的暗示。那一夜，我的心里不知为什么总是牵挂着它。第二天，我再次来到那片桃树林。我很快就找到了它，它斑斓的色彩与暗红色的桃树枝丫形成了鲜明的对比。它仍然伏在枝丫上，一动不动。这个小懒虫！怎么一夜还没睡醒吗？我一边想一边默默地注视着它。大约半小时后，我的脖颈在仰视中又酸又痛，我实在忍不住了，于是我使劲地摇动着树身。出乎我意料的事情发生了。这只蝴蝶没有飞走，而是身体僵硬地从树枝上坠落了下来。直到这时，我才意识到这只蝴蝶已经早已死去。

　　我在离开那片桃树林时，心一直在颤抖着。这是我人生中第一次目睹了一只蝴蝶的死亡。当时只有十一岁的我，突然对死亡有了别样的思考。死亡如同骤然降临的暴风雪。那只蝴蝶和我同样都是猝不及防的。

一个生命的帷幕拉上了，而我就是这场演出的唯一观众。直到如今，我仍然在想：那只蝴蝶在生命即将结束之时，为什么要在我头顶上飞来飞去？它是在选择自己的墓地，还是在向我发出某种宿命的暗示？看来，人在童年时就必须懂得死亡通行证是如何攥在上帝的手中。作为生者，我们也许是不该奢谈死亡的。在通往时间彼岸的途中，我们手持的车票是有效的，它绝对不会过期，而我们要去的终点站也永远不可更改。死亡，是一朵凋落的花对秋天的承诺，是冰与火在时间背面的握手言和。

2009年清明节，父亲嘱我去给祖父扫墓。祖父的骨灰安葬在团结河的南岸，它与我的故乡、坐落在团结河北岸的流口村遥遥相对，两者相距不过百十米。这条"文革"期间开挖的河流，近几年又通过多次治理、疏浚，祖父的墓地早已不知去向。我在一簇低矮的狗奶针树旁点燃了一叠纸钱。随着缕缕青烟在河滩的上空飞飘而去，那种对祖父祭奠的仪式感，也在我心中油然而生。由于城市的快速发展，流口村也在去年被完全拆除。遍地狼藉的瓦砾在推土机巨大的轰鸣中，将这个村庄最后的痕迹从大地上抹去。我突然感到祖父那座消失的墓地与眼前正在消失的村庄，它们之间似乎有着必然的内在联系。我相信从未回过老家的女儿，她的脑海中不会再有关于故乡的记忆了。

有一次我在酒桌上遇到儿时的伙伴、如今的村长刘海。当我称呼他刘村长时，这个脸膛黝黑的中年汉子神色顿时黯然。他苦笑着说，村子都没了，我要那个村长的头衔还有啥用呢？过了一会儿，刘海又谈笑风生了。好像什么事情都没在他身上发生过一样。

生活永远都在继续。刘海失去了他的村庄，但他的心中是否会重新诞生一个新的村庄？我不得而知。夏日的一个傍晚，我在一片河滩上散步。走累了，我坐在那儿情不自禁地仰望苍穹。这似乎是我童年时期一种梦想的继续。天空一片澄明，那是一种极致的虚无。我感到一阵清凉的河风从我身边拂过。泥土，野草，流水以及对岸一棵孤零零的杨柳树，它们好像都在向我诉说着什么。我似乎于懵懂中看清了万物的生与死、消失与重现。

时 间 之 门

　　在白天，医院大门那儿来来往往的人群从没间断过。它的市井意义上的场景，这么多年来一直未能引发我对它的美学意义上的思考。事实上我们中的大多数人都身陷世俗的泥淖，不可自拔的结果之一，就是我们的心灵愈加麻木。我就是这样的俗人之一。没办法，生活让我扮演了这样的角色。我所工作的地方斜对着医院大门。工作之余，我常常两手支着脑袋，对着大门口发呆。我似乎意识到有一根紧绷的神经，该在适当时给它放松一下了。而我的视线所及之处，除了大门，还有门前的停车场和一座圆形花园。阳光很好的时候，白亮亮的水泥地面上移动着各种斑驳的身影（包括各种车辆的影子）。它们从我眼前一闪而过。虽然人们行走的速度快慢不一，但是他们一旦进入我的瞳孔中，就形成了一种奇妙的影像。就好像在时间的幕布上闪现的事物。这种不同时期闪现的事物，说明日月的光轮刻在大地上的印记是清晰的。而我与时间的关系，就形成了记录者与被记录者的关系。时间在某种程度上会奴役所有的人。威廉·毛姆在《生命力》一文中坚称：我们都是大自然的玩物。我知道自己有时对身外事物的过度敏感似乎没有什么必要。我想自己是不是已经身处某种疾病的边缘，成为一个看客或观望者？

　　有时，我看到匆忙行走的人们，脑子里就无端地出现各种可怕的图景。总觉得天堂和地狱就在生命的两端摇摆。但是它们往往沉默于无形，就像混迹于泥土中的种粒。比如，在一个特定的时刻，我的思绪很混乱，它甚至模糊了我的身份与职业。这种对自我的不确定性，在人的一生中也许并不罕见。因为职业并不是一个人的终生印记。它与你的容貌、身高、体形、气质、思想都不会有直接的关联。更多的情况下，人与飘浮的尘埃并没有本质的区别。它符合整个宇宙的自然定律。有时是在雨天，医院门前突然安静下来，空气潮湿，略带着植物清凉、芳香的

气味，雨水喷溅在窗子玻璃上，好像有一种生命的旋律在静寂中响起。窗玻璃早已模糊一片，窗外在雨中奔跑的人影，让你不会感到时间是凝固不动的。雨水打湿灰白的路面，雨水还让外科手术楼外的那棵高大的榕树发出欢悦的笑声。我把水汽朦胧的窗玻璃擦了擦，正好看见那棵榕树鲜嫩的绿叶在轻轻摇曳——那是我内心发出的欢笑吗？

　　持久干燥的空气早已让人心中充满期待，雨水等于适时地传递了人间的一个好消息。我看到了对面的病房楼窗子里探出了许多脑袋。这可能是人们在疾病中难得一遇的节日。平时那些窗口都是关闭的，有时还拉了蓝色或浅灰色窗帘，人在疾病中为什么深藏不露？难言的病痛难道只有在雨水中才得以释放？这些不得而知的疑问，似乎在暗中加深了我对雨水的好感。这时我转过头来，把目光投向医院门口。那里已空无一人，只有一辆红色夏利出租车停在那里。我觉得这个景象很有趣。这是雨水中的一抹红色。雨水与那抹红色相互对峙，又在对峙中走向融合。或者说，雨水淹没了它，然而它却是事实中的存在。而一个平时在门前卖气球的小女孩，此时却不见了踪影。

　　她年轻漂亮，脸上纯真、甜美的笑容，常常让我感到生活在某个方面似乎出了差错。或者说她的美与她生存的艰难形成了强烈的反差。应该说，我和她很熟，也有过几次愉快的交谈。但是她的出现，差不多只能是我人生中一次意外的插曲。也许要不了多久，她就会从我眼前消失（她会另谋生路），而这样的消失在我的人生时序中，又何止出现过一次呢？命运真是个残酷的东西。它会把一个人抛向远方，也会永远地把你固定在那里。我是属于后者。辛酸、失望、等待、麻木，上帝会把炮制好的汤药送进你的嘴中。你在品尝的那一刻，时光就让你增添了许多白发。许多人都会痛恨自己的职业，但是我们往往会把它作为宠物，拥抱着它沉入梦乡。

　　事实上，我抬头就能看见的医院大门，恰好是命运跟我开了一个冷酷的玩笑。就像你坐错了一辆公交车，你到达终点站时也许才会感到人生的无常。好在人的理性会帮助我们修正生活的航向。事实上，人最愿意乐于接受现实，比如我自己。我在那里坚守着什么，凝视着什么，在

9

时间的流程里或者在别人的眼睛里，你的存在早已不可更改。我想，世界上的生生死死有时是凝缩在一个圆点上的。那就是门，时间之门。我不幸成为一个见证者，也必然是一个亲历者。因为世上所有的门，都是一个宿命的暗喻。

在城北行走

　　春天的一个午后，我在城北行走。那天阳光很好，其实是那天我的心情很好。我觉得体内的血液正被浓稠的阳光所稀释。这种感觉很奇妙。它至少证明了自然的光照纯净、温煦、并带着那种少有的穿透力。人是应该诚服自然的，在学会感恩的同时，人至少该懂得在何时给予身外的世界以怎样的回报。就像荷花会选择季节与水温来绽放自己的笑容。说起来很惭愧，我对季节的敏感反应，太多来自人的本能而非来自理智的判断。比如，在一个很冷的夜晚，天上突然响起雁阵的鸣叫。凭着经验，我当然知道它们此时正向南方仓皇逃去。但那时我有些麻木，正在有暖气的房间里发呆——人与飞鸟们仿佛正隔着两重世界。飞鸟们用鸣叫来呼唤同伴，当然它们也不想保守秘密，毫不吝啬地将天机泄露给了人类。但谁会相信它们呢，我们往往会把上天的警告，当作那个呼喊狼来了的顽童。在大多数情况下，我们已经羞于谈论本能，就像被河水反复冲刷的泥土，它们的沉陷或消失似乎是必然的。

　　那天我在城北行走，应该说与季节无关。我对世界深藏的奥妙多少有些懵然。多少年来我坚信自己已经拯救不了任何人。事实上我也拯救不了我自己。我始终认为一个人心智的成熟和道德的完善与否，应该和别人的感受和评价没有必然的关联。完美主义或道德测评家的书卷，往

往被我束之高阁。然而我的喜好甚至是天性又和常人无异。谁不喜欢温暖的春天？大片的油菜花和松软的泥土，成为装点你生活的必要程序，这样随心所欲的美事，又不可能如同芝麻开门那样瞬间降临。事实上我的行走在寒冷的冬天同样没有间断。那时我的心情也可能很不错。人只要走动，体内的血液就会燃烧。兴许你觉得身上包裹的羽绒服应该交还给冬天才好，路边光裸而又寂然的树木或许比人还需要呵护呢。人在匆匆的行走中，最好对来往的车辆、行人、拾荒者、噪声，甚至是树枝上相互追逐的麻雀能够做到漠然视之。因为那时是你体内的热量在驱赶着你，也在协调着你走动的姿态与节奏。有时你会看到一个满脸愤怒的人或者一个很吃力地拉着平板车上坡的老人。这时候你停下脚步做出种种猜测，或对生活进行各种合理的想象与探究，而你的"参与"是否意味着生活的场景，如你所愿而改变呢？没有！人生戏剧的终结，当然自有它内在的运行方式。

现在是春天。我行走在城北的一条街上。在我们这儿，没有人刻意叫城南城北。或者城东城西。许多人都称城北为北新集。这意味着它曾经陈旧、颓败、有着乡村的格局，弥漫着旧时代的习俗与风情，那屋檐与瓦楞上的青苔和茅草，也许会让人陷入对遥远事物的追忆或想象。然而，历史的嬗变在这条略显狭窄的街上已清晰可见。已经发黑的潍河与它擦肩而过。西大街、瓦滩街和豆腐巷与它隔河相望。但谁会记得一位官宦人家的小姐在河边默默垂泪？她的身影在西斜的光照中愈加悠远、可疑。时间置换了多少时代的场景，比如，河边的青石台阶、小码头、夏日里被青藤与蒺藜覆盖的洗澡堂和照相馆，它们能够成为我梦境中永远的存在吗？也许没有谁愿意对往昔保持永远遥望的姿态，即使我们的想象和叹息在现实中会变得多么的廉价或虚浮！

许多人坐在店铺门前聊天、或抽烟，还有人围在一起搓麻将，市井的嘈杂声远比我内心的阳光浓烈或黏稠。我以为对历史的拾遗或修饰，不会比在街边对着镜子独自补妆的那个女孩还要完美。难道我们需要仰仗历史的鼻息，才能够改变现代生活的流程？坐而论道或侈谈昨日的人生景象，在我的行走中似乎有那么必要吗？事实上我在这样的行走中，

愈加接近生活的真相。比如，这条街道并没有纵深的历史感，它的局限显而易见。所有的建筑均显示出二十世纪某个时期的狂热、局促与审美上的缺失。我仿佛透过历史的风尘，看到一个半老的女人哀婉无助的眼神。我不想做这样的理解，匆匆行走的路人是对这条街道的厌倦与抛弃。有时，人的选择是无奈的，人生的关隘犹如迷宫，你穿过一个关隘就是你走出迷宫的最好选择。

其实真正的城北在县城北环路以北。这里是城市的新区。我的眼前豁然一亮，林立的高楼、宽阔而又纵横交错的道路让人为之一振。至此，我突然想到，这些年来，我一次次往返于城北，是不是眼前这个日新月异的新城区在吸引着我呢？是的，我不否认，但是也不尽然。我居住在这座小城，我非常熟稔这片土地。尤其是城北，它曾经是时间彼岸的乡村，古老的濉河就从它的臂弯处流过。我无法完成的想象就在那片土地上真实地发生过；城北也同样是我"幻想世界的永恒部分"（格雷尼姆·格林语）。而如今，它在时间的长河中，已经被销蚀得面目全非。就像对一块碎裂的瓷器的缅怀与追忆，只有岁月也许能够抚平缅怀者心中的隐痛。

那天，春天的暖风一次次拂过路旁一棵高大的梧桐树。这棵近乎完美的树，让人觉得它的树影深邃、悠远，并且不可预测。

看见一道生命的弧线

铁钳紧紧地咬住一颗螺丝，随着我有力的手臂向逆时针方向旋转。一圈，二圈，刚才还那么嚣张、还向四周激情四溢地喷溅的水流，现在却有气无力地委顿下去，就像一朵渐渐凋零的花。最后，它从螺丝的缝

隙中消失了，消失于无奈与无形。我撂下铁钳，甩了一下因用力过猛而麻木的手臂，并如释重负地轻嘘了一口气。我用炫耀的口吻，对站在一旁观战的妻子说，怎么样？它被我制服了吧。妻子撇了一嘴说，你等过几天再说吧。果不出她所言，一股涓涓细流又从螺丝口那儿冒出来了。开始水流并不大，很小心翼翼，躲躲闪闪的，犹如做人那般低调。但是不大一会儿，它就开始疯狂了，肆无忌惮了。就像一个人用高亢的歌声，来释放自己那压抑许久的激情。我重重地叹了一口气，一时感到无计可施。看着卫生间一地哗哗流淌的自来水，妻子的脸色愈来愈难受。那流掉的是水又是钞票，也怪不得她心疼。我故作轻松地对她说，这颗螺丝帽该他妈的下岗了，我现在就去找水工师傅把它换掉。就在我离开卫生间时，我突然想到，水是多么有韧劲、有力量的一种事物啊。它都可以冲破钢铁的防线，那还有什么能够阻挡它呢？怪不得古人有水滴石穿这样的说法呢。

　　一泓池水是一位安详的处女。它在一抹温暖斜阳的映照下，腼腆、羞涩，并且宁静致远。但谁会想到它们会在暴风的裹挟之下，于瞬间掀起惊天骇浪呢？其实它们的力量早已显示于无形之中。当阳光对水有力蒸发，它们早已化作缕缕雾气，扶摇直上九重天。没有人能凭肉眼看到它们在空中逶迤而行的身影。它们暗度陈仓，埋兵布阵，在我们的想象力难以抵达的云端，和天神结成了秘密同盟，然后它们挟雷带电，化作倾盆大雨，直泻人间！记得十三岁那年，我在田野里一间孤零零的牛棚里躲雨。暴雨来得异常猛烈。我感到大地在微微地颤动。那是一座年久失修的老屋，屋顶几乎千疮百孔，到处都在漏雨，雨水很快在我脚下汇聚成一片湍急的水流。突然，头顶上的横梁发出可怕的撕裂声。也许是出于求生的本能，我一个箭步冲出门外，那座牛屋也就在我冲出门外的瞬间轰然倒塌了。那天，我在暴雨中站立了很久。很多年之后，我仍然能够回忆起当时的情景。密集、有力的暴雨猛烈地抽打着我。至今我的内心里，似乎仍然能够感受到那种被暴雨抽打的疼痛感。后来我常想，我应该感谢那场暴风雨，它至少提前完成了我走向成人的洗礼。

　　后来我也常这样想，任何事物也许都是有生命的。雨水是有生命

13

的，阳光是有生命的，泥土也是有生命的。也许是一棵树暴露了泥土的秘密，也许是鸟儿飞行的身姿，彰显了它们在空中搭就的舞台。我常常站在自家的阳台对着远处凝望。阳光大面积地弥漫于空中。它们的身影似乎隐约可见。那是一道道异常优美的弧线。它们在天地间往返，游动。我可以理解为那是它们对世上万物深情的召唤。在荒草萌动的春天，我看到阳光的弧线划过草尖，草儿就笑了。那是一个青春、多汁的笑。有一天，我默坐于湖畔，隐隐地感到时间的身影从我内里飘然而过。它像湖水一样清凉、潮湿，带着大地般的混沌与冷酷。是的，我感到了时间的冷酷。因为多年前我同样默坐于湖畔。时空的凝缩或重叠，让我看到了生命的尽头，布满了呼啸的狂风和被它们裹挟而飘飞的枯叶。

　　但愿任何可怕的预想都不要变为现实。然而那些虚妄的预想，有时就在你身边骤然发生。那天中午，我像往常一样骑着自行车回家。六月的阳光非常炫目，并且有着烙铁还未冷却那样的热度。还好，刚才临出门时我没忘记戴上太阳镜。太阳镜真是个好东西，它魔术般地改变了这个世界的光度和色彩。整个街道立马春风拂面，光线柔和宜人。街上行人稀少，只有三三两两的小学生在行走。我在十字路口拐上学校门前的那条街上。平时因为学校门前经常拥堵，我很少从这条路走。这时，一辆红色轿车从我身旁缓缓驶过。司机是一位年轻漂亮的女孩。她从我身边经过时，似乎无意中瞥了我一眼。她的神情暴露出了她内心的清高与自傲。应该说，她的清高与自傲没有错。女孩用自己坐下的财富，向别人证明她才是这个城市的精英。而我算什么呢？我能用一辆寒碜的自行车对这个城市发言吗？她的车很快超越了我，但它并没有在我的视线中消失。这辆红色轿车在菜市口突然加速，一个男孩在巨大的撞击中腾空而起，他在明亮的阳光中画出一道优美的弧线，然后在更远的地方重重地摔下。这几乎是在一秒钟发生的事情。包括我在内，所有的目击者都惊呆了。我的大脑一片空白，恍惚中，那道弧线似乎久久没有消失。再后来，一切归于寂静。我好像听到了阳光爆裂的声音。事后我得知，那个女孩刚刚拿到驾驶证。她的驾龄只有三天，她看到那个男孩在她眼前

出现，她于慌乱中踩错了油门……那的确是一道生命的弧线，当它呈现于空中时，也就意味着一个生命瞬间的陨落。

那天，我失魂落魄地回到家中。我拧开水龙头，让自来水哗哗地流淌。我不知道自己为什么要这样做。强劲的水流撞击着浴盆，激起许多跳跃的水花。我想起了前些日子水从螺丝缝隙中喷溅而出时的情景。妻子听到哗哗的水声，吃惊地来到卫生间。她看着我，脸上现出一种困惑不已的神情。她问，你在干什么？我答非所问地说，我在远处看到一道生命的弧线……

生 存 半 径

几年前，因为拆迁我搬了家。原先的住地很理想，处于城市中心，日常起居和上班都很方便。但我现在的居住地却远在城郊结合部。孩子上学、上街购物、上医院、上下班等都不方便了。过去上班抬腿就到，现在往返一次至少半小时。妻子至今提起此事仍是怨言不断。从生活起居方面来说，当初我是应该有更好的选择的。在我单位不远的地方，已经有好几个小区在建或已建成。我偏偏没有看好它们，而是选择路途更远、位置更偏僻的一个小区，对此，就是我周围的同事和朋友也有所不解。按说我也是一个随遇而安、个性并不特别的人。按常理出牌、不搞特立独行、不做出惊世骇俗之举，应该是这个社会做人最普遍的准则。但我的确有些反其道而行之。有一次我姨妈从省城来我们家做客，听我妻子一番痛说革命家史，就批评我是大男子主义，说苏北男人都有这个毛病。当时我只是笑笑，没做任何解释。有些事是不需要解释的。它可能关乎一个人的性情和内心的隐秘。就像一个人执意地向黑夜的深处走

去。他看见的，只能是他内心里被他自己点燃的那盏灯。

　　当初因为搬家，我不顾家人反对，一意孤行，这到底是为了什么呢？其实问题很简单。那就是，我必须遵从内心的愿望。我在原先的那座三层小楼上已经住了将近二十年了。它虽处在城市中心，但它被四周层层叠叠的楼房包围着，天空早已被切割得支离破碎，就连一闪而过的鸟儿，它的身影也是恍惚的，似乎缺乏真实的依据。我感到憋闷、惆怅。我更感到整个身躯都被谁禁锢了。一段时期以来，我无意中卷进了人际间纷争的旋涡。没有人热爱险象环生的生活，它只能使一个人的灵魂更加不得安生。于是，在一个暴雨如注的夜晚，我悄悄地搬了家。

　　现在，我的新家地处城市西南角。在我上下班往返的路上，有一个体育场，一座博物馆、一座学校，还有一个树木参天的烈士陵园。特别是我骑车穿行的那条路上，种植着高大茂密的紫槐、法桐和白果树。我一直以为这条绿色长廊是上苍给予我的特别恩赐。即便我在往返途中遭遇暴风雨雪，我也没有丝毫的怨怼。我突然发现自己生活的半径扩大了。我看到了许多过去不曾注意到的城市景观。比如，在陵园东门前，出现了一片绿草茵茵的休闲广场。有一天，我停下自行车，默然地注视着一位中年汉子在修剪一棵刚栽植的广玉兰。中年汉子动作娴熟，张弛有度。他手中的剪刀一张一合，在明净的空气中发出清脆的响声。那些肥硕、多汁的树叶从他剪刀下纷纷滑落。橙汁般的阳光在我眼前疯狂旋转。中年汉子丝毫不在意我的注视。他那张被阳光熏染得呈柚子色的脸庞，坦然，平静。他那如绿叶般多汁的目光，似乎不经意地掠我而过。那天，我也不知道自己为什么对别人的劳动发生了兴趣。按理说我们是风马牛不相及。但是我却真实地感到我和他似乎有了某种联系。这种感觉难以描述，如一场白雾升腾在我想象的世界中。后来，我推着自行车步行了数十米，又忍不住几次回头看了看他。

　　毫无疑问，我的生活节奏开始变得缓慢下来。这好像是沿途的景致所给予我的暗示。沿途的风、空气、多汁的阳光也同样熏染我的肌肤。我的脸庞和裸露的手臂不再白净和细腻了。当然我的肌肤远远没有达到中年汉子那样的黝黑。同样，我觉得过去的忙碌，甚至职场上的周旋、

揣摩或应变，如今已经变得没有什么必要了。

就在我上下班往返的途中，我突然对某项建筑工程发生了兴趣。比如，陵园北门，现在正处于改建之中。我看到贴在围墙上的效果图。那是一种明清风格的建筑。白墙，黑瓦，回廊，飞檐。承建者来自江南一家很有实力的工程队。他们的活干得很漂亮，好像他们个个都来自遥远的古代。就在我不经意之中，一座凝重、古朴的宫殿式的楼阁已初步建成。每次途经北门，我都有一种时空错置的感觉。更撩动我心弦的是，经过修缮的北门使陵园内部更加幽深、神秘，好像有一束看不见的光，在草尖的上空或树冠与树冠之间游移、明灭。

有一天清晨，我去陵园锻炼，发现园内也在大规模地修缮改造。这使我莫名地兴奋。我当即决定，休息天我一定要在里面消磨一天的时光。星期六的早上，草丛中的露水还很鲜润，我就徒步向陵园走去。我带上笔记本电脑和一本书。那是梭罗的《瓦尔登湖》。我还准备了午餐：两根火腿、两块面包、一块卤牛肉、三只苹果和一瓶农夫山矿泉水。这一天我将在一片茂密的水杉树林中这样度过：读书、写作和散步。我突然感到我在户外所写出的文字，和以往大不相同。这一定是泥土和植物的气息对我浸润的结果。我对此坚信不疑。后来我又多次去了那里。在每个休息天来临之前，我的内心都充满着某种莫名的期待。

有时回到家里，我就把在路上的所见所闻在一个硬壳笔记本上写下来。比如，某月某日：一个名叫大湖湾KTV星光城在东陵路上隆重开业。在摆满花篮的门前，二十余名身穿白色衬衣、打着蓝色蝴蝶结的男女司仪，频频向路人鞠躬施礼，并喊着：先生您好，欢迎您光临！与此同时，一个经常出没于超市和医院门前的职业乞讨者，也出现在大湖湾星光城门前。这是一个身着蓝色校服的少年。他跪在坚硬的水泥地上，双手捧着一个老者的遗像，地面上还有一段文字说明。上面大致这样写着：本人系某校学生。母亲得白血病于去年春天去世，父亲患脑溢血瘫痪在床。我在这里跪拜爷爷奶奶、叔叔阿姨们，请你们大慈大悲，行行好……

我在文字最后这样写道：这个少年乞讨者来到这里是一个聪明的选择。他的生存半径无疑被有效地扩大了。

丝　绸

　　现代汉语词典是这样解释丝绸的：用蚕丝或人造丝织成的织品的总称。这说明丝绸与蚕、桑树和泥土有着难以割裂的渊源关系。因此有人说，丝绸的出身是卑微的。但世间的事物往往蕴含着极为深刻的哲学意义。丝绸因来自大地而显出惊世的华美和艳丽，就像一轮从暗夜中喷薄而出的太阳。它将照亮我们所钟情的家园、梦境、诗篇、舞蹈和花朵。（那镂绣在丝绸上面的花朵，因人类目光的注视而在竞相开放）而它所逼视的空间，是一些日益灰暗的心灵和被扭曲的世界；是由这种世界所构成的战争、饥饿和欺诈……你由此想到，是丝绸的阳光，驱散了世上的乌云。

　　当然，丝绸仅仅只是人类对美好追求的物化体现。它秘密的构织阻止不了寒夜的到来，（有人正以美好为幌子……）尽管它在本质上是一种与贫穷、丑陋永远保持距离的事物。然而，它常常因离群索居而梦幻化了。比如，它伴随着嫦娥飘浮在月宫之中；它也常常混迹在纸醉金迷中而遭人鄙视。哦，在它华美和艳丽的另一面，却弥漫着一股旧时代腐朽的气息。我由此想起了那些达官富贾、臃肿而又故作姿态的姨太太和忸怩而又弱不禁风的千金佳丽。他们一律被丝绸拥裹着，与他们身边的世界形成强烈的反差。比如，陈旧、肮脏的街道，寒酸的人力黄包车。很久以来，这由过去的黑白影片所提供的场景，是那样深刻而又顽固地盘旋于我的脑海之中，以致我曾对丝绸产生过鄙夷和憎恨的心理。然而它是无辜的，它与人类的争斗和仇恨无关。

　　我已记不清楚自己于何时改变了对丝绸的看法。人总是在时间的长河中还一种事物的清白。是时间帮助我们战胜了自己的肤浅和偏见。丝绸大约就是这么一种物质：柔滑、飘逸，趋向人类完美的境界。透过雨雾蒙蒙的清晨，你看到丝绸正飘然拂过人类惺忪的睡眼。它既形似于带

露的花朵，又比花朵更逼近我们生活的真谛。我们庸常的生活因为有了它而变得五光十色。但同时由于它对美的模仿达到了逼真的程度，以致我们对生活中的伪善，失去了应有的警惕。应该承认，丝绸在很大程度上修正了我们生活的航向。丝绸是内在的，具有亚热带阳光的密度和乡村蝴蝶的羞涩，即便是它无言的外表，也隐含着人类的聪颖和智慧。

我蓦然想起了由丝绸织成的历史帷幕（它遮蔽着时光和人类古老的梦境），一旦拉开这道帷幕，你不仅能够目睹而且将成为一幕历史剧的剧中人。在浩瀚的沙漠中，月光稀薄，驼铃悠悠，一支显得疲惫而又拖沓的驼队，正缓缓地逶迤西去。这有可能就是极其悲壮的昭君出塞，或是正在进藏的充满喜气的文成公主。她们全部身着具有宫廷气息的华美丝绸。丝绸在那时已具有某种抒情性质，但这并不排除国家和政治对它的渗透。丝绸既是某种使命的载体，又是中国人梦想的乐园。它沿着时间的长廊飘然而来，让许多人用流泪的脸颊，与它保持某种亲密的关系。

郊　外

我喜欢郊外这个词。悠然、沉静，充满形而上的月光和汁液。它游荡在城市的边缘，用油菜花、稻米、蜜蜂等一切朴素而又纯粹的事物环绕城市，并形成城市悦目的光环。你情不自禁地去凝视，内心里的温情和遐想总会油然而生。（这时候你是不是站在充满种种缺陷的城市的窗前？）倘若你沿着这个词向前走去，这就意味着你将走进草垛、池塘和庄稼秘密的王国。那些从泥土、玉米、篱墙以及水中少女浣衣的倒影等事物中流泻出来的音乐，（我认为它们已具备了音乐的质地）全都是自然的幻化物。它们色彩浓烈，繁复而又细腻，人类通过心灵的触摸而倾听。这是怎样的倾听啊！夏日的足音由远而近，我们凝视的姿态已被时间的节奏所改变。农妇们头顶水罐，在野花和芳草簇拥的田埂上款款而行；浓密的树荫下传来男人们粗犷的笑声。他们的眼前就是一片充满诗意的金色麦田！昨夜我背倚米勒那幅《拾穗》而眠，梦境中响彻着农妇们躬身拾穗的喘息声。这经典般的声音正被日益强大的城市所阻隔或湮灭。事实上，这么多年来，我们并没有真正地读懂米勒，正如我们远未体验到大地的深远和凝重。

有一年春天，我独自在郊外行走。（我以为是一次对自己灵魂的放逐）是大地上盎然春色，唤醒了我对往日的记忆。我蓦然感到一种久违的激情的萌动，仿佛是来自某种既美妙又无形的力量的牵引。而我留在城市里那个沮丧、迟疑的身影，还有必要使你回眸吗？后来我想，这种牵引既缘自于我自身的梦幻，又缘自于蝴蝶、渔具、植被等事物对我的亲情和召唤。而我那时正被郊外幽蓝的炊烟和大地上遥远的氤氲所感动。（我一度忘记了自己从哪里来）你能够看到我鼻翼颤动，脸上挂满泪珠。（那泪珠里一定倒映着一片云朵的光芒！）请不要讪笑我脆弱的情感，我真想象先人那样披发跣足，一路击节而歌。（如阮籍、岑参等人）但我却做不到，因为我最终意识到了城市所给予我的巨大惯性。那惯性里传来了钢铁因撞击而响起的冰冷回声，因此我们无法逃脱被磨洗和撕裂的命运。即使你已经走出城市（像卡夫卡笔下的k走出城堡），但内心里那种被撕裂的疼痛，并没有如我所目睹的炊烟一样随风而去。"我将把我带回到自己的内心里去，并让我面对我隐秘的焦虑。"（加缪语）

那天，我长久地徘徊在郊外，（并不仅仅是对一个语词的流连）感受着时间在这里沉积或消逝的速度。黄昏带着一种铜质的声音降临大地，空气中立即被一种苦艾草和泥土混杂的气味所弥漫。那天我的游走孤独而又欢欣。（我是否已在城市与乡村之间找到了一个契合点？）事实上，那只是我在无数个郁闷的日子里拉开的一道缝隙。而我对乡村的窥视，近似于一种精神上的眺望，谁叫我们心灵上的负荷是那样沉重呢？

走　　动

　　在极其幽冥而又弥漫着一缕粉红色香气的沉思中，你的耳朵极清晰地捕捉到了一种细微的响声。那便是万物的走动。你可以据此认定是风、雪片、云朵、流水、机械和荒原上一匹如绅士般寂寞的狼；（瞧，它耷拉着脑袋，在缓缓地移动），你也可以判断是一位跳芭蕾的少女，蜻蜓点水般地走过有着蓝色或红色背景的舞台，甚至是宁静的冬夜里从谁家的檐头上突然坠落的冰凌……所有的响声因其遥远或难以目睹而显得细小轻微，但这并不妨碍人对与之相关的事物更迭的思考和关注。比如，时令、秩序、星辰以及生命与死亡。在苏北广袤的原野上，我常常看到三五只白鸟箭一般地射向蓝天，然后从空中向下缓缓滑翔，在接近大地的瞬间，又疾速地上升；伴随着一阵极其悦耳的鸣叫，它们在空中画下许多令人眼花缭乱的银色弧线，几乎经久不散……这种情景往往给我带来许多美妙的想象。我相信它们是天地间传布澄明、吉兆、温暖和友爱的信使。在寒意依然袭人的早春，当悄然绽放的梅花带着暧昧的笑意抵达我的窗前时，我已经带着昨夜香甜的余梦，行走在渐渐泛绿的大地上。那是在苇荡纵横、水波苍茫的洪泽湖西岸，或是在遍布汉代陶俑和瓷器的重岗山脚下，你将看到我矫捷、快速移动的身影。其背景是历史完美、丰厚的沉积和翻耕的土地上弥漫着的早春勃发的气韵。哦，很多的时候，我都在走动。走动使我感到惬意并充满怀想。

　　在过去的年代里，在某个僻静的、丛林环绕的河滩上，你将看到一个神色忧郁、抱膝而坐的少年。他眼前的河面上雾气缭绕，偶尔能看到几只在水面上游动的野鸭和蹲伏在枯树枝上的水鸟。多少年来，我一直试图将自己的人生历程与那个少年的身影进行某种观照和诠释。我相信他的身影，与一个已经完结的时代具有某种惊人或微妙的相似，因为我看到在风中尽情飞扬的柳枝与我激荡的心灵几乎毫无二致。这仿佛就是

另一种意义上的走动。人极易被现实的情境所感动，更极易沉湎于往事之中，我想起了自己少年时的求学经历。于是，斜坡、灌木丛、废弃的窑洞、阴暗而又弯曲的小路……逐一在我脑海中重现、组合。形成我热爱或惊惧的场景。它们遥远、宏大；时而清晰无比，时而又模糊不清。这几乎就是一种谶言和命运。而四周阒寂无人，灯光全部熄灭，令人压抑的天空不时地电闪雷鸣……纵然岁月已经蒙上了层层叠叠的青苔，但我仍然能够看到那个在暴风雨中奔走的身影。我既往返于梦想与现实之中，又徘徊在幸福和苦难之间。当然，一个人的走动毕竟是微不足道的。比之于浩渺的星空，一泻千里的江河，在贫瘠的土地上盛开的天竺葵、墨菊、芍药，在地下运行的火焰，在文字中流动的血液和诗歌，后者则更深邃、更永恒。一位外国作家写道："我们在路上。"是的，我们在路上。在路上就意味着走动，而万物都在走动（运行），即使是苍莽、沉默的群山……

第二辑

重新升起的月亮

祖父幻见录

序语

　　我很早就想写一些关于祖父的文字了。我的祖父离开这个世界已经三十余载，那时我还是一个懵懂无知的孩子，他几乎没有给我留下什么十分深刻的印象。在我和祖父之间流淌着的这条血脉的河流中，他显然是我所能看到的最初源头。我十分感激他老人家能给予我这样的生命延续。我对他的怀念是不言而喻的。然而，我写这篇文字的初衷并不仅限于此。很久以来，我十分迷恋那些年代久远的事物。如何追寻或再现那些久已消亡的景象，一直是我对世间万物探求的激情之所在。祖父几乎把我推到了人生的源头。那个模糊或者根本就是虚幻的世界，可能就是我最初的栖息地。它从我的"记忆"中呈现出来，带着似乎是前世的陌生气息，弥漫在我的文字之中。

　　在这里，祖父或许只是一个词语，一个符号。我写"他"，其实是在写我自己。祖父就是我生命中的投影，是一种情境或语境中的观照。三十多年前，我和这个世界构成了怎样的关系？那些隐秘的事物，当它们逐一从我的笔端跳出来时，我将该如何面对？这些年来，我无力为他人指点迷津，更难以预知自己的未来。那些令人尊崇的先知，也许就是生活存在的本身。《圣经》上说，上帝要有光，于是就有了光。事实上，对于我所揭示的生活真相，它们往往更加扑朔迷离。一切都在人们

难以预料之中。世间的事情可能就是这样，错综、纷繁，它们一旦经过岁月的磨洗，你就很难再寻找到它们原有的踪影。沿着时间之河溯流而上，那扇神秘之门，或许已经缓缓地向我开启了……

第一章　苏醒

　　一九七〇年的天空，和我在后来的岁月中所见到的天空，也许没有什么区别。但我记住了那一年和那一年的天空。那是人的记忆中一道强有力的刻痕。它可能浓缩了一个漫长的时空，让人直接抵达事物的本身。况且——有时我从午后的睡梦中醒来，恍然觉得自己已经回到了从前，回到了那片有我身影重重的故土上。就像有一阵风从我眼前拂过，它们缓缓地拉开时间的帷幕。河流、田陌、油漆剥落的院门、在风中摇晃的庄稼和藤树、在一个人手上高高举起的牛鞭……那些关于乡村的情景逐一在我眼前呈现、还原；我还看到有几只燕子在午后的阳光里潜行。它们的尾翼让人觉察到了金属般的重量。空气发出撕裂的响声。这响声仿佛在我的心中整整回荡了一个世纪。愤怒和绝望，犹如藤蔓横生的野草。它们不屈不挠地向我延伸而来。我记忆的土地开始变得荒芜……

　　有一条小青蛇快速游过水面，对岸的一只青蛙从草丛中纵身一跃，以高于青蛇的高度，并且向青蛇相反的方向跃过水面。这是两条极其偶然交叉的弧线，叠印在那片过于低矮的天空中。那时我从另外一个角度目睹了这一幕。后来我一直认为那两条弧线对于我可能有着太多的寓意。我想起了一个人生命运行的轨迹。自然，我想起了我的祖父。他浮现在一个烟雾迷蒙的黄昏。他的面孔不甚清晰。有众多纷乱的云絮缠绕着他。他一会儿出现在家乡的汴河边，又一会儿出现他居住的老屋的窗前。他手扶着一把锄头，或者在侍弄着一个锈迹斑斑的犁耙。这种旧时代的农具曾经也是我人生的一部分。它们横卧在一片惨白的月光下，在

遥远的寂静中，它似乎向我诉说着什么。我听到了一个人喘息和咳嗽的声音。这个人身后的背景就是那些农具。他的身影在惨白的月光中反而更加模糊。他就是我的祖父吗？他苍老的声音在岁月的流程中，为什么显得那样支离破碎？也许有一天，它们突然就会在我的记忆中被莫名地激活，或者说它们在我的躯体里渐渐地苏醒。

一九七〇年的天空其实非常空茫。那一年我十三岁。这是一个极其危险的年龄。他挥手告别了蒙昧的童年时代。但他又不知道前面的路是什么模样。那时候我祖父离死亡还有一年的时间。他不时地咳嗽，脸色异常的苍白。夏天的时候，他一动不动地坐在门前的一棵苦楝树下。他几乎不和任何人说话。他用沉默和这个世界保持着一种对应的关系，或者说他在沉默中目睹了这个世界的风风雨雨。他轻轻地摇着一把蒲扇，用以驱赶向他攻击的蚊子和苍蝇。这种力度似乎很弱，或者说有一种异常的力量隐而不见，外人则很难目睹。它保持着恒久的节奏，没有声音，但又让人感到有一股冷风飕飕地拂过。我常常看到他在阳光移动的阴影里处于昏睡状态。当树上的知了一阵鸣叫，他就从这种昏睡中醒来。他的目光浑浊而又有几分清亮。仿佛他洞察的世界，已经超越了常人所能目及的地域。他的上身常常裸露着，瘦骨嶙峋，好像正是我祖父那一年的生命写照。然而他对一切都浑然不觉。生活其实对每个人都不是公平的。祖父用一生的光阴走过了苦难，就像一个人穿过湍急的河流，他很快就把危险置之脑后。在我祖父生命的岸滩上也许已经没有多少阳光了。他麻木的心灵在傍晚的微风中渐渐走向平静。不该发生的事情，无论是悲是喜，对于他已经没有什么实在的意义。难道他知道死神就在前面向他招手？一只蝙蝠从很远的地方飞来。它很突兀地惊叫了一声，我不知道在这个宁静的傍晚应该预示着什么？

那时候我母亲扮演着多重角色。她在还算很宽敞的院子里走来走去。她忙碌的身影常常被我理解成一碗冰糖水，或一碗清炒鸡蛋。这些在当时绝对作为奢侈品的食物，正源源不断地从她手里输入我祖父的嘴里。我相信母亲用这些东西来抵御祖父的死亡，似乎已经失去了意义。一个十三岁孩子的准确判断，现在让我想起来仍然觉得不可思议。

应该感谢母亲，死神的脚步也许就从那个傍晚停止了走动。但我却感到了从未有过的饥饿。我从半夜中醒来。我看到祖父仍然坐在门前的那棵树下。我装着方便从他身边走过。他咳嗽了一声。接着他抬起沉重的手臂，似乎很费力地从喉咙里发出一丝声音。他对我说，把那半碗鸡蛋吃下去吧。我迟疑了一下，然后我加快了脚步。我不知道我这样做是否伤害了他？后来，我发现祖父的目光里有一种可怕的静默。那里面似乎隐藏着地狱般的冷意。我莫名地感到恐惧，常常彻夜不归。有时，我在家乡的河边游荡。有月亮的夜晚，我的身影在水面上晃荡着，它看上去是一个充满鬼魅气息的舞者。我坐在一个土堆上，大脑一片混沌，我索性闭上眼睛。有时，我甚至在暗夜中看到一缕白色地气在袅袅上升。我以为那是死神的衣袂在大地上的拂动。我迟疑而又有些胆战心惊。

有一天黄昏，太阳的脚步已经掠过西边的树梢。我徘徊在村庄外围的一片野地里。没有人关心我，更没有谁知道我在想着什么。一九七〇年的晚风有些冰凉。它代表了时间隐秘的流向。我看到自己的身影有几分可疑。晚风带着一些不可知的东西，渐渐弥散在大地遥远的尽头。不远处的部队营房里响起了哨声。有零乱的脚步声向我走来。我抬起头来，眼前却是空荡荡的一片虚无。我万分惊疑。我早就听说部队于前些日子开拔到另一个地方去了。这脚步声从何而来？但我已经懒得去深想什么了。那时，我手托着愈益沉重的下巴，对着天空漠然地凝望。天空里有几块不规则的浮云。它们不停地变幻着色彩，一会儿黑，一会儿红。我想，天空是一堵墙吗？就是那种泥土纷纷剥落的老墙？或者说是祖父沉默的脸庞？那么祖父在凝望着什么？他的眼睛里早已布满了云翳。他早就生活在自己的暗夜之中了。他难道早已知道死神就在天边？或者说在村庄东面那片玉米地里在耐心地等候着他？一九七〇年的秋天，我陷入了一种空前的恍惚之中。

第二章　火光

祖父已经难以抵抗死神的光临了。

一九七一年秋天，打谷场上格外忙碌。金黄的稻子把农人们累弯了腰。但他们的脸上却始终洋溢着一片喜色。这时候没有人会想到我的祖父。一个濒临死亡的人应该与农事和这个世界都没有什么关系了。祖父住在西厢房子里。那是一间很逼仄的屋子，昏暗而有些潮湿。墙壁是黑色的。那是经年累月烟熏火燎的结果。我相信祖父的指纹、他被灯火反复照耀的身影，也会深深地嵌入那灰暗的墙壁之中。在面西的墙壁上，有一个不太规整的呈三角形的窗口。这个窗口我同样相信也是祖父亲手所凿。祖父没上过什么学堂，他却懂得这样的几何学和力学原理。在他人生最后的岁月中，他蜗居在这间屋子里，几乎足不出户。冬天的时候，太阳爬上我家那堵东墙。微弱的光线只有几个小时滞留在祖父的门前。祖父穿着油腻而又臃肿的棉衣，整个人都蜷缩在一把藤椅子里。那是他度过的最后一个冬天。冬天的阳光像一只慵懒的虫子缓缓地爬过祖父那过于粗糙的脸膛。他的神色因为过于安详而让人隐隐不安。我母亲应该算得上是一个孝顺儿媳妇。她每天都要挤出时间侍候他。我看到母亲的脸上常常挂着一丝忧郁。

那是一个漫长的冬天。当河里的冰冻开始融化时，祖父好像也从冬眠中醒了过来。他睁开过于沉重的眼帘，就像有一丝光亮穿透他那常年封闭的内心。他的脸上开始有了一丝红润。大家都暗暗地松了一口气。但他仍然足不出户。他已经不做任何事情了。他曾经侍弄过的那些农具，早已安静地躺在院子里的某一个角落，任凭日晒雨淋。他活动空间也是非常的有限。从他的西厢房到院子里，这就是他的全部世界。祖父为这个家奋斗了一生，而真正属于他的却只有这些。然而他已经很满足了。不管怎么说，那些动荡的年月他挺过来了。人不可能从这个世界上带走更多的东西。看来祖父明白这个道理。槐树开花的时候，祖父常常一个人待在屋子里。有时，他透过那个三角形窗口向外面眺望。他可以

用一整天的时间来做这件事情。没有人知道他内心里在想着什么。早上，母亲放轻脚步，把一碗米饭，一个馒头放在桌子上，然后转身走出房门。当中午母亲推开房门，看到桌子上的饭纹丝未动，母亲就叹了口气对我说，看来你爹快了。

秋天说来就来了。

那天我在打谷场上忙碌。我记得那是一个黄昏降临的时刻。打谷场上尘土飞扬。人和牲口已经达成了某种默契。我们必须围绕着一个世界转圈。那圈子的中心点就是粮食。那即将进入谷仓的粮食，就是我们对大地的最后一次守望。你没有任何理由躲避，如果这时候你成了逃兵，那直直望着你的牲口的目光，也会使你无地自容的。就在这时，有人喊着我的名字，接着又说，你爹快要不行了。我一个激灵，迅速放下手里的活计，转身离开了打谷场。我铆足了劲向家里狂奔。我看到自己细长的身影在大地上快速移动。晚风中有一丝怡人的凉意。一条站在草垛旁的黑狗，向我狂吠几声，然后悻悻地离去。我相信我的奔跑，应该是那年秋天乡村里最富生气的场景。这些年来，我曾多次回想起那次奔跑。我现在仍然能够记得当时那种奇异的心态。祖父的病危似乎只给我带来了十分短暂的震惊。这之后，我的内心里竟产生了一种莫名的激动。祖父好像一下就成了我的救星。我可以堂堂正正地离开打谷场了，还有什么事情比祖父的病危更显得理由充足呢？我觉得人生中必须有一次这样的奔跑。最终的目标和归宿也许都并不重要，重要的是速度和姿态。是你生命中蕴藏的能量于瞬间的迸发。

祖父就是在那天夜里去世的。一九七一年九月十三日。我清清楚楚地记住了这个日子。

同样是这一天，当时中国政坛上一个红得发紫的大人物，摔死在蒙古草原上一个叫做温都尔汗的地方。我当然不认为他和我祖父的死有什么必然的联系。但是有些事情是奇怪的，即便是一种巧合。那个奇异的画面已经深深地沉积在我的记忆之中。它经过了漫长岁月的遮蔽和发酵，我越发觉得那件事变得不可思议了。

祖父是个小人物，他的死，当然不值得我去花费更多的笔墨描述。

然而，作为一个只有十四岁的少年，他第一次目睹死亡，第一次近距离地看着他的祖父远离人世，那么他的心中到底会有怎样的感受呢？时间真是一个奇妙的东西。它真的能够磨洗掉人世间的一切吗？我的心情是否沉重过，是否悲伤过？现在想来这绝对是一件十分可疑的事情。

我记得自己在离家还有几十米远的时候就放慢了脚步。我觉得我在少年时代的第一次奔跑就这样结束了。现在，也许我已经没有必要去揣摩当时是出于何种动机了。时间真的很无情，当时的真实心态到底是什么？如今的确已经无从查考。但是我当时放慢了脚步却是不容置疑的事实。那是一群蝙蝠在夜空中最不安分的时刻。它们尖细的叫声撞击在一棵枣树上，似乎产生了一种过于暧昧的回应。我看到好几簇枣树叶在空中缓缓地舒展开来，像电影中的慢镜头，又像一个人的手臂从另一个人的腰间慢慢地揽过来，以表示亲昵和爱。总之，我放慢了脚步。除了蝙蝠微弱的尖叫，四周寂静无声。这时，我想到了祖父，这时候我没有理由不想到他。我想到了死神一定在另一个世界里，正在为迎接他而在忙碌着呢。但四周为什么寂静无声？难道死神的车辇已被一簇树丛死死地缠住了？

院门是虚掩着的，我轻轻一推就开了。院子里有几个我不太熟悉的亲戚。他们围坐在一起，正在小声地议论着什么。我第一眼就看到从祖父的屋子里射出的灯光。那灯暗十分暗淡，在夜色中似有似无，好像它也在为死神的降临营造一种特定的氛围。家人都在。那间过于逼仄的屋子显得十分拥挤。我看到母亲神色疲倦。她的眼圈红红的，脸上似乎还有隐隐的泪痕。其实每个人的神情都是凝重的，如果有一个人的神情有些异样，那一定是我的继祖母了。她是这个家族的旁观者。

我拨开人群，看到祖父躺在床上，双目紧闭。他安详的神色怎么也不会让人想到死神已经在他的身边游荡。我轻轻地呼唤着他，母亲也在旁边叨念说，你的孙子看你来了。祖父没有任何反应。在这个稻穗金黄的季节，祖父的生命看来比腐朽的稻根还要灰暗。他那几乎没有任何生命征兆的身躯，仿佛就是一片荒芜的土地，或者说是那种土地的延伸。我觉得人对生活的比照，更多的则是来自对自身生命的体悟。一九七一年九月十三

日，一个十四岁的少年，对人生似乎有了一种全新的认识。就是那天夜里，当一天的劳累把我昏昏沉沉地击倒在床上时，我突然被一阵巨大的哭声所惊醒。祖父终于走了。我赤着脚，懵懵懂懂地来到祖父的屋子里。众人都在呼天抢地地哭泣着，母亲也早已哭成了一个泪人。

祖父被一条白色床单覆盖着，他的脸上覆盖着一层黄表纸。据说这样他的亡灵才不会到处游荡。我只是呆呆地望着毫无声息的祖父，竟然没有半点儿悲伤。那盏昏暗的煤油灯就搁在那座三角形窗子里。如豆的火苗被夜风吹拂着，它的身子仿佛柔弱无骨，有几次差一点儿就要被风吹灭，但它还是顽强地站了起来。这情景多少年来就这样在我眼前浮现着。这枚从乡村深处浮现出来的火苗，对于我至少昭示了多重的人生意义。我从哪里来？我生命的背景到底是什么？就像一张陈旧的底片，难道我生命的源头已经无迹可循了吗？！

我在众人的哭泣声中感到了无比的窒息。后来，我默然地走出院外。夜色很浓，风也很凉，我大口大口地呼吸着，这样就感到心里顺畅了许多。我向屋子后面一片杨槐树林走去。这片树林是我祖父好几年前栽种下的，如今早已枝繁叶茂，可是生产队硬是把它们归了公。由于不断有人来任意砍伐，如今这片树林几乎不复存在。我很少到这片林子里来，就在几天前，我还看到一条蛇在林子里游走。但是就在那天夜里，我早已把一切恐惧置之脑后。我两手托腮，在一座土堆上也不知坐了多久。后来我哭了。哭得有些伤心欲绝。时至今日，我敢肯定，我绝对不是因为祖父的死而哭的。至于是何缘故，它竟然成了我此生的难解之谜！

透过稀疏的树林，我长久地凝视着西方的夜空。一个更大的难解之谜就在这时出现了。一个巨大的火球突然出现在夜空里，然后它缓缓地坠向大地。我似乎隐约地听到了一声巨响，然后一切归于寂静。我感到万分惊骇，张大的嘴巴许久不曾合拢。我相信我在那个夜晚所目睹的事情，绝对只有我一个人所知。后来我没有把这件事告诉任何人。它应该成为我心中一个永久的秘密。当时我并没有把它和我祖父的死亡联系在一起，更没有想到和林彪叛逃事件有关。事实上，当我成人之后，我很

快就把这件事想明白了。试想，远在数千公里之外的坠机事件，我怎么可能目睹得到呢？那么这个巨大的火球到底是什么？它为什么要单独在我眼前显现？难道我的哭泣感动了祖父的亡灵，它要以这样的方式回应我吗？我突然感到了彻骨的寒冷。我缩紧了身体，我看到天空已经有了微微的亮色……

第三章 安葬

祖父最终入土为安了。

他还有未了的尘世遗愿吗？换句话说，他留给这个世界的东西能够使他毫无怨言地撒手而去吗？有些事情在还没有发生时，我们很难看清楚它的原貌。它隐藏在一片浓雾之中，即使它在眼前出现时，我们看到的往往也是我们毫无感知的东西。我在前面说过，祖父是个小人物，他的死和他的生一样的平淡。比如，我们面对河流中的一滴水，再比如，水中的一粒沙尘。在许多年里，我看不清祖父生前到底是何模样。他被这个世界彻底遗忘，也许是迟早的事情。我突然觉得很悲哀。我不是为了别人，而是为了自己。如今，四十而不惑。人到中年的我，难道真的已经把什么事情都看清楚了吗？既然如此，你对人生和命运的恐惧为什么日甚一日呢？

一九七一年秋天，当生与死如两条交叉而过的弧线画过我人生的时空，或者说有两种黑白分明的色彩如年轮一般刻入我的记忆中时，我对眼前所发生的事情漠然处之，真的令人感到匪夷所思。我至今仍然能够想起当时举家致哀时的情景。哭声响彻了好几个白昼与黑夜。白色的纸幡仿佛飞雪一般飘落，我看到一只黑猫在飘落的纸幡中跳来跳去。它不时地回过头来，惊恐的眼睛里好像有泯灭的光亮闪烁不定。祖父在最后的时刻终于可以躺在宽敞的堂屋里了。那闪着黑色光泽的巨大棺椁就摆放在堂屋的正中央。

　　有许多事情是令人难以理解的。按理说，作为辈分最高的祖父，应该是这个家庭里的一国之君。他应该有着至高无上、统领一切的权力。然而，他并不是这个家庭里的权力中心。他长期偏居一隅就是证明。我父亲是个"公家人"，长年漂泊在外，他对管理家庭显然没有什么兴趣。我的继祖母好像是一个游手好闲、吃饭不问事的主子。剩下的就是我母亲了。她是一个一辈子都在劳碌的女人。她清瘦、身子略微单薄。当家庭的权力靠她去运转时，我甚至为这个家族有些隐隐的担忧了。我的父亲是在祖父死后第三天才赶回来的。事实上，即使父亲就在当天回家，他在整个事情的运筹中也不会发挥太大的作用。

　　无论如何，祖父的后事很顺利地完成了。哭声在一个午后戛然而止。在祖父被埋葬的那天，我突然感到家里变得冷冷清清。亲戚们擦干脸上的泪痕，带着他们想要得到的祭品，比如，一只蓝花瓷碗、一块白洋布，然后心满意足地走了。对于他们来说，祖父的死亡就是一场戏剧。他们是观众。他们除了观赏，当然还要有一些物质上的回报。因为他们同样用眼泪参与了这场戏剧。我记得那个午后的阳光薄得如同一张白纸。虽然人去屋空，但摆放在我家苦楝树下面的那最后一桌宴席，还没有完全的撤除。我看到满桌的残汤剩菜还在袅袅地飘着香气。一只瘦得皮包骨头的黄狗，在桌子下面钻来钻去。它哼哼唧唧的仿佛还有什么话要对别人诉说。我站在苦楝树下，对于这场关于死亡的戏剧（包括守灵、出殡和宴席），我始终是一个旁观者。我不是非常吝惜自己的眼泪，我也想哭，但就是哭不出来。我想，我的眼泪肯定都积聚在心里头了。然而，你拿什么来证明你的悲伤呢？我感到自己实在对不起刚刚死去的祖父。若他真的有灵在天，他该如何责怪我呢？我感到一阵惶恐。我在院子里进进出出，好像在极力躲避着祖父在追寻我的目光。后来，我来到了苦楝树下，站在那些猜拳行令的食客的背后。我看到他们的脸上除了吃得油光水滑，也没有什么悲伤。事实上，这场几年难得一遇的乡村盛宴，对于他们有什么悲伤可言呢？

　　我肯定在那棵苦楝树下睡着了。当我再次睁开眼睛时，除了满桌子杯盏狼藉，那些食客们都到哪里去了？我虽感到饥肠辘辘，却是一点食

欲也没有。四周静极了。明亮的阳光在墙角下面移动，就像那些到处寻食的土狗。我一时有些恍惚。若干年后，当我回想起那个午后时，我猛然感到时光好像真的倒流了数百万年。这时，我看到屋后腾起一片烟雾。这片烟雾在白纸般的阳光里显得格外醒目。我看到母亲蹲在地上，正在烧着地上的一堆麦秸。那些金黄的麦秸在火焰中转瞬即逝。母亲做这件事很投入，她一直没有发现我就站在她的身旁。她似乎很有耐心地把手中的麦秸，一点一点地送入火中。我知道，正是这些金黄的麦秸，几天来一直铺在祖父的遗体下面（乡村风俗：这些麦秸被视为黄金，意为后人造福）。当火焰在午后的阳光里渐渐熄灭，母亲终于发现了我。她神情淡淡地注视了我一会儿，然后对我说，快去看看你爹吧。

　　祖父的新坟坐落在通往青城的土路西侧。路东侧就是古老的汴河。在我们这儿，安葬是很讲究风水的。我至今都并不清楚祖父的安葬地是否是一块风水宝地？还有，事关一个家族生死存亡这样一个大问题，到底谁是最终的决策者？有一个时期，这个问题十分强烈地困扰着我。因为原先我是不相信什么风水之说的。然而，作为这个家族的一员，我个人命运的走向，好像冥冥之中祖父始终在"掌握"着我呢。当然，这都是我成人之后意识到的。

第四章　泪水与鞭子

　　无论怎样，祖父是这个家族中事实上的国王。祖父死了，那么是否意味着祖父的时代已经结束？或者说被岁月无情翻开的篇章里，再也找不到他一丝一毫的踪影？突然，我感到一种莫名的兴奋。那种如释重负的感觉似乎一直延续至今。我不能不承认这样一个事实：祖父的死仿佛是我期盼已久的事情。他再也不能用那种阴鸷的目光望着我了，我再也不用在他严厉的命令中，每天早出晚归出去放羊、放牛或者出去割猪草了。有一次，我因为贪玩，忘了割猪草。当我很晚回到家里，祖父已

经手拿牛鞭在等着我了。祖父下手非常狠，牛鞭雨点般落在我的身上。我的脊背和手臂上立刻出现一道道血痕。祖父把他的恨倾注在他的皮鞭里，同样那恨也埋藏在我的肌肤里。那仇恨穿过肌肤，像火一样把我的血液燃烧起来了。这是他怎么也不会想到的。事实上，这是人类经常犯下的最为愚蠢的错误。冤冤相报何时了？这是一条复仇之链，上帝恐怕也截断不了它。

我仍然记得那是一个漆黑的夜晚。我始终想不明白，为什么充满杀机的时刻总是在一个个月黑风高的夜晚？我当然听到凄厉的风声在狠狠地拍打着我家的院门。人类最阴暗的布景并不仅仅只是为我一个人布置的。比起那些更惨的人，我算是幸运的了。祖父并没有为我备下更惨烈的刑具。比如，铁链、尖刀、老虎钳等。他只是用皮鞭在等着我。皮鞭有它柔性的一面。我常常看到祖父在耕地时，他一边哼着不知名的曲子，一边就用那鞭子似乎很有分寸地抽打在牛的脊背上。就像一首歌所唱：那个远方的姑娘举起皮鞭，轻轻地抽打在我的身上。那简直算不上抽打，那只能是爱抚，是催促和提醒。因为牛在耕地时，它差不多就要睡着了。因为我小时候就经常在母亲的催眠曲里渐渐进入梦乡。那牛的脚步愈走愈慢。它可能陶醉在祖父美妙的催眠曲里，或者更可能已经在梦中看到牛槽里祖父为它备下的鲜嫩草料了。当祖父的皮鞭落下去时，那条牛也就从"睡梦"中醒来了。我看到它的眼睛里突然闪出一道光亮，就像拂晓时被太阳掀开的云层。我还看到它微微侧过脑袋，似乎十分深情地看了祖父一眼。那眼睛里好像只有感激，而没有丝毫的怨恨。事实上，从冬天到春天，那条皮鞭一直悬挂在布满尘土的东山墙上。它"失恋"了，或者说它失去了对手，它因此孤寂而又落寞。可是，它不可能永远地失去对手。它或许早就在那儿摩拳擦掌，急得大喊大叫了。作为人，谁能够听得到一条皮鞭的喊叫呢？当祖父的目光落在它身上时，一种命定的事情也许谁都难以改变了。事实上，它早就在那儿等着我了。有一天夜里，我突然莫名其妙地梦见它对我发出一声冷笑。这是厄运降临前的预兆吗？

那天晚上，我哭得伤心欲绝。我几乎把一生的泪水都倾泻在那个夜

晚了。然而，祖父不相信眼泪。他可能认为人的眼泪更多的应该属于女人。男人怎能随便哭泣呢？前苏联有一部影片叫做《莫斯科不相信眼泪》。我至今没有看过，但是它给了我许多的想象空间。我一直在想，这种咸性的物质为什么屡遭世人蔑视？上帝对弱者的怜悯和宽容，难道在人类的词典里就是空白？我后来始终想不明白，我手里和祖父抗衡的武器，难道仅仅只剩下眼泪了吗？如果人的眼泪能够拯救自己，那么还要战争干什么呢？泪水和鞭子，或者说鞭子和泪水，当这两种事物突然发生某种联系时，我觉得它们之间被赋予了更多的意蕴。显然，我和祖父之间的"战争"，是一场极不对称的战争。这里面所凸现的道德尺度，是清晰的，又是模糊不清的。我曾经设身处地地替祖父想过，他一定认为自己手中所举起的鞭子就是真理——真理在某种意义上，就是一把嗜血的刀子。它似乎正义在胸地去刺伤对方，而绝不会怜惜对方已经倒在血泊之中。

实际情形是，当时我的想法非常简单。当祖父挥起鞭子，厄运就这样降临到我的身上时，我已经在劫难逃了。最初，我是用手臂去抵挡他的鞭子的。当祖父用那鞭子织成的雨点落到我身上时，我感到手臂简直不堪一击。因为它根本承受不住那钻心般的疼痛。疼痛简直就是鞭子的帮凶，更是带火的闪电。它们快速掠过我的肌肤，并且于瞬间摧毁了我的精神防线。几乎是出于本能，我就是在那个时候拼命地向体外倾泻着泪水的。我只能用眼泪来拯救自己了。这是我当时唯一的武器。哦，一个弱者的武器！刚开始的时候，它可能是奏效的。祖父手中的鞭子在空中迟疑了那么几秒。我从不认为这几秒能说明任何问题。但是，这个饱含碱性的物质，难道真的能够浇灭一个男人心中的火焰？事实证明我是幼稚的。随着我哭声分贝的提高，祖父用那鞭子织成的雨点，只能是更加的密集了。（在暴雨倾盆而下时，你不要想着自己是这个世界上唯一被雨水淋湿的人。一个诗人如是说）。后来我确实意识到了，祖父是个血性男人，他真的不相信眼泪。

时间转眼过去了多年。当我回望这件事时，祖父已经闭目而去。时间也许真的可以瓦解一个人对另一个的仇恨。当那个午后母亲把那

最后一把麦秸烧完，我觉得自己的心中也只剩下了一撮灰烬。但我仍然感到它还有着一定的重量。有重量的东西我们就可以触摸得到。它多年来一直蛰伏在我的心中。它随着我的心跳而起伏不止。远看，它就是一座峥嵘的山峦。也许，它余温尚存，甚至还有火星在寻找着重新燃烧的机会。

第五章 雨夜

　　祖父就埋葬在汴河岸边。中间相隔着一条公路。中国人讲究风水，我不知道祖父的安眠之地，是否能够庇护着他的后代。我那时还在读小学。每天都要从那条公路上往返好几次。祖父的坟墓几乎就挨着公路，相距不过二十多米远。除了祖父这座坟墓，四周再也没有第二座。因此它在广阔的田野里，显得格外醒目。在公路两侧生长着一些稀疏的杨槐树。夏天的时候，祖父的坟墓在树丛中只是若隐若现。如果你不执意去找它，那么你是很难看见它的。但是冬天就不一样了。冬天就像一个穷人，没有那些蔽体的衣服，他照样要面对着世界。那些树木只剩下了光裸的枝干，祖父的坟墓总是赫然在目——有时，你想躲避着死亡，但死亡总会不失时机地在你眼前出现。死亡是寂静的，是不动声色的。它的物质形式是浑圆的土堆。它的内核也可能充斥着泥土。我从来都认为泥土是神奇无比的。它包容了生命和死亡。它最终又成为死亡的避难所。阴阳两界隔着什么？就隔着一层泥土！

　　没有人不对死亡充满着恐惧。一个阴雨绵绵的秋夜，我从城里放学回家，那好像是我第一次在夜色中回家。其实当我踏上回家的路时，我的心跳就加快了。我在漆黑的夜色中愈走愈慢。我愈是迟疑，恐惧就愈是像铅一样沉重地压在我的心头。我有好几次都打消了回家的念头。这是我人生第一次面临一种艰难的选择。这种选择并不关乎命运和前途，但却是如此的艰难！城里没有我的亲人，回家只能是我唯一的选择！秋

雨在黑暗中从天而降，它绵软而又有力。它落在我肌肤上的凉意，似乎给予了我多方面的暗示。在后来的岁月中，我很难再从中找到它那温情的意味——秋雨原来是这样的物质，它在沉默中蕴含着召唤，在绵密中蕴含着坚硬。而那些与爱情有关的温情，也同样像一场秋雨从我身上消失殆尽。由此，我读懂了人生的悲剧。所谓悲剧，它极有可能就隐藏在童年的一场梦中。

在那个秋雨绵绵的夜晚，我只能义无反顾地向前走了。应该说，那不是一个伸手不见五指的夜晚。一条泛着白光的路，总是在我前面不远的地方出现。这种白光其实并不清晰，它只是若隐若现的。它就像一个沉默的人走在你的前面，引领着你，安慰着你。我从没想过，一个人和一条路竟然能够相依为命。我突然觉得这条路是有灵性的。它可能就是祖父亡灵的化身。是祖父的亡灵照亮了它。要不为什么在黑沉沉的夜色中，只有脚下还有一片白光呢？我渐渐地不再感到恐惧了。当我大约走到祖父的墓地时，我特地停下了脚步。雨好像越下越大了。密集的雨点打在树叶上，似乎发出很大的响声。我的衣服全湿了。它们紧紧地吸附在我的身上，把一种巨大的凉意覆盖在我的心头。雨水从我的头顶漫漶而下，它们似乎带着某种惬意的、欢快的神情——因为我听到了它们顺着我的脸膛哗哗流淌的声音。这是一个完全淹没在黑夜中的景象。我相信那时我是把眼睛睁得大大的。我在和一个亡灵对视着，尽管它是我想象中的一个虚空的影子。

那天夜里我发烧了。我在睡梦中胡言乱语，大喊大叫。母亲伏在床头，整整守了我一夜。她还给我熬了红糖姜汤。母亲先前是以为我遭雨受了凉，当我睁开眼睛说出第一句话，她一下就惊呆了！我说我昨晚看到了祖父。他一动不动地站在雨中。我没有看清他的脸，他只是用一个脊背对着我……母亲待在那里，半晌没有言语。后来她仿佛如梦初醒，大叫一声问我：孩子！你是不是做梦的？！我没有回答她。我沉默了许久。隐隐地觉得是在梦中，又似乎是我十分真切地亲眼所见。第二天，母亲买了一刀火纸，硬是把我拉到了祖父的墓前。母亲双腿跪在墓前，嘴里喃喃地念叨着什么，然后把那堆火纸燃着了。这好像是我第一次近

距离地站在祖父的墓前。那时太阳还挂在西边的天上，烟雾从坟墓的阴影中升起来。我好像听到了阳光在空气中碎裂的声音。十多年前的一个秋天，我第一次带着女友来到祖父的墓地。我没有告诉她这就是祖父的墓地。我们在那里徘徊了许久。当夕阳快要落山时，女友用疑惑的眼神望着我，然后问我：你为什么要把我带来这里？我没有回答她。我只是略表歉意地向她笑笑。在这之前，我一直躺在祖父的墓地上，微闭着眼睛，仿佛身心已经沉入遥远的过去。我问她，你听到空气中有什么碎裂的声音吗？我看到女友神情非常困惑地摇着脑袋……

第六章 寂静与闪回

有谁能够认定现实是一种怎样的情景？比如我们看到一座房屋。它是现实的，它更是过去的。因为它存在的历史已非我个人所目睹。门楣、甬道、桁梁，它们被时光打磨所留下的印痕，它们存在于别人记忆中的细节，难道不同样被岁月所封存？在我的目光再也难以企及之处，历史的谜团就该出现了。它大面积地覆盖了我的记忆。就像一片月光涌过来，照耀着你的梦境，你能从梦中看清一切吗？那些喧嚷的场景，或者从泥土中散发出来的气息，应该绝对地从现实中消失了——有时，我们所经历的一切，并不是我们臆想所致。当然，如果我们要从一种臆想中寻回真实，那又要该付出怎样的代价呢？

一九七四年的一个月夜，我从一场梦境中醒来。那时祖父离开这个家已经好几年了。我就住在他曾经住过的西厢房里。当初我是不愿住这个屋子的。我总觉得祖父的气息时刻都在这个屋子里环绕。特别是我看到挂在西墙上的牛鞭，那种被鞭笞的感觉突然就会降临到我的身上。我感到肌肤一阵阵撕心般的疼痛。我几乎就要大叫起来。我不得不将那牛鞭从墙上取下来，悄悄地把它藏在一个不为人知的角落里。其实，我这样做是很可笑的。一个人的痕迹是难以在短时间内被清除的。比如，他

生前曾长时间地倚靠在门框上，这种姿态必然要在另一个人的心中留下烙印。那么他和门框常常就是互为一体的事物。有几次我走到门前，必然要迟疑地停下脚步。我知道，作为活着的人，是不该惧怕死者的。他毕竟化作烟尘了。但我无法改变我的心理。我觉得他就站在门前，他似乎还用一种异样的眼神望着我。我必须为他让道。

我已经不记得那是一场什么样的梦境了。总之我在不该醒来的时候醒来了。如水的月光透过窗棂，洒在床前那片并不太大的空地上。我长时间地盯着这片月光。它们原先是横卧在地上的，后来它们就向南墙上缓缓移去。我清楚地记得这片月光所行走的路线。先是偏东，然后偏南。这是一条看不见的斜线。我突然觉得月光和我们的现实世界是有距离的。它躲闪着和我们擦身而过。那时，我已经来到了院子里。我在院子里徘徊了许久。我看到最后一抹月光在院墙上闪动了几下，就彻底地消失了。我觉得世界也许本来就该是这样。寂静而又黑暗。人就像花朵一样在虚空中生长。

也许，随着时间的推移，我再也无法确认那个月夜的真实性。首先，历史在叠加的过程中，已经发生过无数次的坍塌。它直接颠覆一个人的记忆。比如，我能够确认我的祖父会出现在那个月夜里吗？两年前，我在写作小说《祖父和一场大水》时，曾经再现过那个月夜。我始终并不认为祖父重回人间，是一种虚妄的事情。他在我的想象中复活，也并不是出于我对他的怀念之情。况且，我对他始终怀有隐隐的仇恨，尽管我不该做这样的不孝子孙。我总觉得他出现在那个月夜，也许更是我出于一种叙事上的需要。

首先，我看到了一堆木柴。它很有规则地码在那里。它的形状呈塔形。它的稳定性确定了它与大地的关系。那时，月光在院子里并不是十分的澄明。这种朦胧的光线也许更容易使人看到异象。我就在这时看到祖父出现在那堆木柴前。他手里握着一把斧头。那些木柴在斧刃中迸裂。我听到了那些木柴迸裂的声音。祖父始终背对着我，我有时只能看到他举起的斧头在月光中闪现的光芒。后来，天色微明时，我看到那把斧头静静地躺在那堆木柴旁边。这些年来，我从未怀疑这把斧头存在的

真实性。尽管它现在已经无迹可循。我想，它躺在那里也许是必要的。它对木柴的守护，至少证明那个月夜是存在的。我想，通向昨天的路也许有两种途径。一种是你必须看到那种事物依然存在，另一种则可能更依赖于我们的想象了。

　　同样，我在小说《祖父和一场大水》中还记述了这样的一个场面。祖父在打谷场上搬运着石头。这是小说中喜根目睹的场面。这种场景在那个时代几乎随处可见。这种掺和着政治因素的场景，我觉得在今天可能存在着更多的不同版本。我始终认为那些作为惩罚祖父的道具的石头，同样是那个时代的帮凶。石头在祖父的手里复活了。它以自身的重量来显示它的存在。它还在召唤它的同伴来加入到惩罚祖父的行列之中。我真的听到了石头叫唤的声音。那时，我是一个看客。我置身的世界好像与祖父无关。一九七四年的那个月夜，其实我是在回忆着那个场景。那个场景同样已消失很久。那些被祖父搬运过的石头如今已在哪里？就像那堆木柴它们还会堆积在院子里吗？我想，世界原本存在过的事物，你未必真的就能够寻找得到。一九七四年秋天的那个月夜，我从一场睡梦中醒来，这也许就足够了。

第七章　暴风雪中与祖父相遇

　　一九七五年冬天，我手里意外地获得了一枚圆镜。

　　那时，我站在村子东面的河堤上。密集的大雪从天而降。我的手里就攥着那枚圆镜。我时而把镜面对着天空，时而又把镜面对着村庄和大地。世界的景象从我的镜面上一一掠过。它们是零乱的，又是有序的。它们就像一个顽皮的孩子，躲闪而又有些慌乱。我突然发现一个有趣的现象。在镜子里，我身处的世界并不寒冷。或者说你感觉不到它们是寒冷的。镜子给我造成了某种错觉。我羡慕镜子里的世界，但我时刻就生活在那样的世界里。由此，我热爱那枚镜子，但又感到它给我带来了某

种难以言说的伤害。后来，我向村子外面走去。我的身后是我留下的一串长长的脚印。我曾回过头来，仔细地端详着那些脚印。我发现我的脚印深浅不一，甚至有的大有的小。当时我感到很困惑。为什么会出现这样的情况，难道是我的脚时刻在发生变化吗？接着，我从身上掏出那枚圆镜。那些大小不一的脚印立刻出现在镜子里。我突然感到了事情的严重性。镜子里的脚印好像深不可测。它们黑咕隆咚的，更像是一双双眼睛在逼视着你。不知为什么，我突然从镜子里看到了我的二哥，他的面孔冷若冰霜。我吓得惊叫一声，那枚镜子就从我手中脱落了。

一九七五年冬天，我不得不正视一个现实，有一个人已经出现在我的生活中了。这个人就是我二哥。我觉得二哥简直就是我祖父的化身。二哥吃苦耐劳，像祖父一样操持着这个家。事实上，当祖父已经丧失劳动能力时，我二哥就理所当然地成了这个家的主角。我和他的冲突就不可避免地发生了。二哥性情暴烈，你稍不如他意，他就会对你拳脚相加。比如，把粪土挑运到田地，你必须跟上他的趟。如果你落在他的后面稍远的地方，他肯定回来不会轻饶你。我身单力薄，常常被二哥打得鼻青脸肿。毫无疑问，我对二哥仇恨至极，但对他又无可奈何。当初，我非常痛恨我的祖父，我觉得是他夺去了我快乐的童年。现在，这种仇恨很快就转到了我二哥身上。因为，他给我带来的苦难比起祖父有过之而无不及。

一九七五年冬天，我一个人在漫天的雪地里行走。猛烈的暴风雪抽打在我的身上和脸上。那时我已经感觉不到疼痛了。我故意迎着它们。密集的雪片撞击着我的脸庞，然后它们快速跌落，溃退。先是感觉脸庞有一些火辣，然后这种感觉就麻木了，或者说就不存在了。在我的潜意识里，我好像在和一个人对抗。那个人无疑就是我二哥。我想我必须战胜暴风雪，战胜了暴风雪，也就战胜了一个人。应该说，我在一九七五年的悲情和仇恨，已经在那场暴风雪中被消解了，或者说已经被它们扩散了。仇恨是什么？仇恨在这场暴风雪中已经完成了它们自己的嬗变。一场暴风雪总会要掩埋掉一些什么的。它们在人和自然之间做了疏通。你不再会觉得仇恨比天还要大，比水还要深。

多年之后，我一直在回忆着那场暴风雪。人在回忆中可能更会远离事实真相。那场暴风雪就像坍塌的房屋——原先的景象消失了，人在其中看到的只能是现实的投影。比如，祖父会出现在那场暴风雪中吗？我和他的相遇，究竟是荒诞还是真实？如果说我走出一场人生的噩梦，究竟是暴风雪拯救了我，还是祖父拯救了我？在许多年里，我认定祖父在那场暴风雪中向我迎面走来。他穿着很旧的青布棉袄，臃肿的身影在风雪中时隐时现。我想，人在回忆中极易混淆着一个个场景，他把往事还原为现实，并认定那样的现实就是自己所亲眼目睹。他说他目睹了一个人，那个人就不会从眼前消失，并且一直在他脑海中重现着……

第八章　年代不详的大风

有一段时期，我的眼前老是浮现出一幅荒诞而又混乱的画面。有一辆马车在空中疾驶着。那个驭手没有头颅，或者说他的头颅被裹挟在一团乌云之中。更令人惊骇的是，被折断的树枝像手指一样伸向空中，它们一会儿并拢，一会儿张开……我不知道这样的画面究竟源自于我的梦中，还是在白昼的臆想所致——有时，人的生命状态是可疑的。他的视线被昨天的事物所打断。他眼前呈现的物体或许早已消逝，或许就是他对于未来的想象。有一天晚上我独坐家中，突然莫名其妙地陷入冥想之中。一场大风从我的脑海中呼啸而过。我听到了房屋坍塌的声音，似乎还有人的骨骼断裂的声音。我还看到一个人抱着一棵树，向我拼命地挥手……在那样的情形中，我当然相信这是真实发生的事情。但是，这场大风从何处吹来？它起自何年何月？我突然陷入迷茫之中。

有许多事情是可以追忆的。但我为什么要以时间来作为坐标？就像一块浮木顺流而下。我们能够确定的只是浮木本身而不是一条河流。那场大风注定要丧失它的年代背景。因为人的记忆是多么的不可靠啊！我很想把一个人的成长过程置于一场大风之中。你可以想象这场大风已

经持续了许久，而人的生命只是其中的匆匆过客。在大自然神奇的演奏中，风是一位卓越的指挥者。古希腊哲人特拉克里特在两千多年就看到了这一幕。那时，他坐在一座无名山上，风把他的衣袂拂起，他的目光如电光石火，仿佛黑沉沉的天幕上突然出现一道明亮的缝隙。他突然发现世界的秩序在混乱中重新组合……他无声地笑了。

我仍然愿意提到那场暴风雪（也许是后来又多次出现的暴风雪）。当麦田里最后一片积雪融化时，我感到自己终于走出了那个阴郁的冬天。二哥站在暖暖的阳光下，两手叉着腰，他虚眯着眼睛，竟然长时间地望着我。更多的时候，他用一种困惑的眼神审视着我。而我呢，只用眼角的余光瞟着他。那时候，我感到内心万木复苏，仿佛一场春雨过后的大地。只听二哥用低沉的声音对我说，好吧，从今以后我不会再管你了。你喜欢干什么就干什么去吧。我什么也没有说，只是从喉咙深处哼了一声，然后扛起锄头掉头而去。我感到惬意的春风在吹拂着我。我情不自禁地唱起了一首歌。没有听众，但是觉得世上万物都是我的听众。然而，我内心的愉悦并没有持续多久。它像一道闪电一样倏然消失。我颓然地蹲在地上，几乎毫无来由地抱头痛哭起来。

我不知道自己哭了多久，我更不知道自己为什么要哭泣。我在哭泣中呼喊着祖父的名字。我觉得那个十分生疏的名字，竟像一块巨石那样长久地压迫着我。我的呼吸急促而又滞缓，就像在弯曲的河流中缓缓移动的泥沙。这是我难以目睹的人生剧情。晦涩，幽暗，像风一样掠过树梢，像时间尽头的微光拂照大地。我内心中有许多东西都在那一瞬间复活了。那种难以言明的痛楚和喜悦相互交织着。我情不自禁地捧起一把泥土，用鼻子嗅了又嗅。暮色开始在大地上弥漫。远处有牧童放牧归来的歌声。

我再次扛起锄头往回走。其实那天我什么都没有干。我知道我以这样的方式来庆贺我的自由，太有愧于地里的庄稼和家人了。过去，我一直以为二哥就是祖父的化身，他可以向家庭成员发出命令。那个命令的执行者只能是你自己的奴仆。然而，就是现在，我从自己的身上找到祖父的身影了——我看到过祖父从田野里归来时的情形。他扛着锄头，或

者背负着一捆被夜露淋湿的稻谷。我想我的"劳作"已经有了一种价值体现的明证，尽管那天我什么事情也没有做。

就是那天夜里，外面刮起了异常猛烈的大风。我听到了大树被折断的声音，时而又响起了哪家女人绝望的尖叫声。我好像还听到了祖父粗重的喘息声（他又在打谷场搬运着石头了）。我在懵懂中睁开眼睛。我看到已经有些朽败的木门，突然被风打开，非常猛烈地撞在墙上，又被弹回来，像一个醉汉似的来回晃荡着……那场莫名的大风究竟发生于何年何月，如今已经无从查考。

第九章 迁葬

一九七六年清明节前夕，家人决定给祖父迁坟。我父母因为这事好像商谈了一夜。主要原因是，县里要在我祖父墓地西侧修建粮库，而墓地恰好冲着粮库大门。迁坟看来是必然的。这件事生产队里好像催得很带劲。指导员来我们家已经好几趟了。他脸上幸灾乐祸的神色是显而易见的。村里人对迁坟是忌讳的，认为那样会动了祖上的地气。自祖父去世以来，家里的日子总是风调雨顺的。这难免要被人嫉妒。在是否迁坟这个问题上，我二哥是个强硬派。我看到他挥舞着拳头说，咱们就是不迁，看他能怎么样？！二哥血气方刚，但血气方刚解决不了任何问题。家庭的决策权仍然在我母亲手里。

清明节那天，家里请了许多人来帮忙，主要是本家族的。院子里早早搭起了凉棚，还支起了两口大锅。请来的厨师姓刘，当过几年兵。他在部队里干的就是这活。他跟二哥平时玩得不错，显然他是二哥请来的。我对刘厨师没有什么好感。这主要是因为他平时总是斜着眼睛望着你。你无法理解一个人眼神的含义。我，一个十八岁的少年，对这个世界无疑是敏感的。他不容许别人冒犯他的尊严。刘厨师把案板上的猪肉剁得咚咚直响，还把那种蔑视的眼神投向我。至今我都无法描述我当时

45

的心情。我觉得二哥简直是引狼入室。刘厨师名义上是在帮你家的忙，其实他分明是在看你家的笑话。这种认识的产生肯定与二哥有关。这说明我对二哥的仇恨远远没有结束。那是人生中一道永远抹不去的阴影。也许因为刘厨师的关系，我以为这片阴影在我心中反而更加扩大了。在那一刻，我突然感到自己发现了一个重大的真理。这个真理足以能够为我指明人生的航向。我愤愤地瞪了刘厨师一眼，转身走出家门。清新湿润的空气使我心情变得舒畅起来。我从来没有感到生活这样美好。我默默地凝视着远处的田野。这些年来，我并没有刻意地去想着已经离开人世多年的祖父。然而，就是在那一天，我想到了他。我觉得是他老人家在冥冥中向我絮说着什么。我恍然看到了他拄着拐杖，颤巍巍地在村头一棵香椿树下向我张望……

太阳已经升得很高。我路过打谷场。我看到指导员的女儿向我投来暧昧的眼神。我知道那女孩对我已经有了些意思。但我心高气傲，从来没有把她放在眼里。我昂着脑袋走过去了。那天，我穿着白衬衫，还把衬衫掖在裤子里。我想我在别人的眼里一定是一个风度翩翩的美少年。当我跨过一道沟坎时，我回过头来看了那女孩儿一眼。我看到她一脸怅然若失的神情。我想，我当时的心态一定是很复杂的。我觉得我从那女孩儿身上找回了做人的尊严。然而，我必须为一场可能到来的爱情付出代价。

现在想起来，一九七六年的清明节，我完全是一个局外人。因为我在这个家庭里无足轻重。没有人会把我放在眼里，我只能行走在我自己的世界里。我所捍卫的尊严现在想想多么可笑。祖父要第二次入土为安了，你什么忙也帮不上。你只能是这个家族的旁观者。

当我来到祖父墓地上时，我看到墓室已经打开，已经腐朽的棺材板散落四周，堆成山包似的泥土很新鲜，似乎还在冒着袅袅的热气。我看到家人全部跪在墓地四周。有人在低低地哭泣。一口新做的薄皮棺材就放在墓室旁边。它在阳光下显得格外耀眼。为祖父拣骨殖的人是一个上了年纪的老男人。他干枯精瘦，好像岁月已经吸去他身体上的所有水分。他毕恭毕敬地跪在新鲜的泥土上。我看到他乌黑肮脏的手掌在不停

地颤抖。他每捡一根骨殖，就要拿起酒瓶仰起脖子，猛灌一口白酒。后来，我祖父的骨殖被他重新摆成了一个人字形。我的心有些颤抖。这是祖父第二次的生死轮回？很显然，这是生者对死者以另一种形式的召唤，希望他重现人间，并且为活着的人指点迷津。只听母亲对我们说，你们都向他许一个愿吧。母亲的声音很低沉。她说话时似乎还有些顾虑。目睹着眼前的情景，我的心渐渐平静下来。我没有说什么，我觉得这一切很荒唐，对我来说更没有必要，因为那会儿我已经看到了祖父的幻影，并且我已经把我的愿望在心里头跟他说了。我觉得人的心愿是极为隐秘的事情，你这般张扬，死者能够理会你吗？

就是那一年秋天，一个细雨霏霏的早上，我携带着简单的行囊和一本旧版《梅里美评传》，毅然离开故乡，沿着汴水河畔向北方走去。那时，我不知道自己前程如何，我更没有想到自己还会不会重返故土。

一个早上的素描

早春迷人的气息是人们在一个早上刚睁开眼睛时感觉到的。一棵广玉兰在把它的枝叶伸出围墙外时，恰好被一团上升的暧昧地气接住了。街上的路灯光大约还深深地跌在它的梦幻之中。游移而不清晰。清洁工们倒是早早地来到了街上。他们扫帚底下的灰尘仿佛借助了什么魔力，一劲儿向空中攀升。然后，它们沿着一道看不见的斜坡向下滑行。假如人是个微小生物的话，那么人就能够听到它们着陆时所发出的巨大轰鸣声。现在，在通往南郊的街道上，因天还未大亮，路上还没有几个行人。一个卖烧烤的女人推着装满坛坛罐罐的平板车，在一个叫做丁香巷的巷口就不见了。白昼显得很拥挤的街道，此时却空

旷得叫人惊悚。（清洁工们也不见了，路面白生生的宛如天上的银河）黎明前的寂静似乎能够听到下水道里哗哗的流水声。这也是城市的躯体里血液流动的声音。这时路灯相继熄灭。路两旁的建筑物就像高矮不等的巨人，它们在稀薄的星光下已初露峥嵘。但它们似乎受到什么压迫的喘息声仿佛是从砖块的缝隙中飘逸出来的。在一座新近交付使用的六层楼上，有一两个窗口亮起了灯光，是那种朦胧的橘黄色，显得很遥远的样子。接着，就有抽水马桶的声音，间或还有一两次咳嗽的声音。不大，显得十分节制。

在通往菜市的十字路口，这里就有了点人气。首先是油条和烧饼混杂的味道飘了过来。这可能是一个城市在一个早上最初出现的人间烟火。如果沿着它溯流而上，我们就能看到裹着树皮的祖先们，在这片后来叫做青城的地方，燃起了一堆篝火。这堆篝火看来一直在青城人的心中燃烧着。五十年代中科院的几位考古专家，在青城境内一个叫做下草湾的地方发现了一截五六万年前人腿骨化石。据考证，这儿是亚洲最早的人类发源地之一。这截腿骨化石照片有好长一段时间，就张贴在青城泗洲大街上的一块宣传栏内。因此，假如你路过那块宣传栏，就极有可能嗅到远古人烧烤野兽所散发出来的肉香味……眼下，被炉火映红的几个生意人的脸膛上，还残留着昨夜因睡眠不足而出现的困倦神情，但他们并不在意。他们一边侍弄着手里的活计，一边在讲述着他们可能刚刚听来的带有某种色情意味的笑话。有时你也会惊讶地听到诸如"欧佩克"、"台海局势"这些确实是从他们嘴中冒出的话语。一旦有顾客来，他们所谈话题立刻就"专业化"了。

天亮时，第一辆公交车出现在离菜市场不远的体育路上。车身上涂写着"俏佳人艺术摄影"广告字样已清晰可见。这辆向南驶去的公交车伴随着《梁祝》的旋律，仿佛带去了它不可知的命运。公交车刚刚驶去，一条白色的京巴狗就从路旁的松柏中蹿了出来。它快速穿过马路，在体育场的围栏旁停下来，并且转过脑袋张望。果然，它的主人也从松柏中出现了。这是一个少妇。着一身蓝色运动衣，脚上是一双白色运动鞋。这少妇显然是个晨练者。她只是轻喝一声：路丝，回来！那京巴狗

就箭一般地蹿了回来，并在它的主人脚下不住地摇尾巴撒欢。那女人似乎很厌恶地踢了它一脚，以后就不再理它。在体育路和山河路交会处的西侧，有一座尚未竣工的博物馆，但门前的那对石狮子却早已安放在那里了。少妇在石狮前停下脚步。她久久地端详着，脸上的神情不可名状。那京巴狗就蹲在地上，一会儿望着它的主人，一会儿又望着那对石狮。有时还莫名地狂吠几声……这样的情形已经持续好几天了。当少妇默默离开，这时总会有一个中年男子与她迎面相遇。他是作家。他们原本并不相识，只是经常碰面，于是就熟悉了。初春的早上，气温已有较大的回升。这肯定会使人身上孕育出某种激情。中年男子已有好几次想邀请这个女人与他一同到郊外去走走，用他的话说，是去呼吸一下新鲜空气，但每次话到嘴边又咽了回去。他走出家门时就已在心中盘算好，但是和少妇一见面，他的勇气立刻就消失得无影无踪。他们再一次像反向行驶的列车一样擦肩而去。到了郊外，中年男子的眼前还浮现着少妇那过于凝重的面容。他突然觉得少妇的神情，与博物馆门前那对石狮竟有着惊人的相似！他哑然地笑了，又摇摇头。他认为这样联想既荒唐又不道德。

他来到一片河滩上，像伟人似的环顾四周。其实，他已不止一次来到这里了。这里的景物他几乎熟视无睹了。身为作家的中年男子一旦面对眼前的河流和原野，他立刻像换了一个人似的精神为之一振。他很快进入了一种形而上的情境之中。他感到自己就是大地的一部分，就是快速从他头顶上掠过的鸟群……他好几次都注意到了在河滩上有一座孤零零的茅屋。他知道那里早已空无一人。但在今天，他却因为它而在内心里充溢着一股温情。在这个早春的清晨，中年男子在返身走下河滩时，他抬头望了一眼他依然居住的青城。他猛然感到城市就像一个愈来愈膨胀的梦境。这个梦境既五彩斑斓，又光怪陆离。此时正向他步步逼近……

午后的三里庄

　　县城东北角土地上的霸王草仍然呈现出衰败迹象的腥红色。其时已是早春。代表着时间流向的一些雀鸟，已在光秃秃的树林子里啁啾地叫个不停，只是你很难发现它们的身影。这里是城郊，村子叫三里庄。你站在环城公路上就能够看到红墙或者灰墙红瓦的房屋。它们照例掩映在光秃秃的树林子里。最显眼的是在树梢上挂着三个黑乎乎的喜鹊窝。它们映衬着背后灰蓝的天空，给人一种威严和不可一世的感觉。村子很安静，几乎看不到人影。仿佛时间在这里停滞了，抑或，这里的喧嚷、繁衍、生息早已隐匿在历史的某个时空里。

　　现在，是早春的一个午后。太阳还悬在城市的上空，四周明亮得叫人发晕。前几天刚刚下过一场雨，在通往村子的土路上还是很泥泞。只有紧挨着路的南侧，一条又细又窄的白色路面可以走人，但也是凸凹不平。原先，我是骑着自行车的，到了这里不得不推着走。本来天气还有些冷，但不要几分钟，身上就开始出汗了。路两边是稻茬地。地很湿，洼地里还积着水。在明亮的阳光里，你可以看到一缕缕袅袅上升的水汽；你似乎还可以听到空气中发出一种"咝咝"的声音，那是阳光对水汽有力的蒸发。春天的迹象到底显现出来了——在路两旁的一片荒草中，已经有星星点点鲜嫩的青稞出现。就是在稻田里也有些微绿意，那是一种味道十分鲜美的荠菜。我注意到金黄色的稻茬根部已经发黑朽败，仿佛一个人生命的列车已驶到终点。但是在稍远处，稻茬地已被套种上麦子了。

　　路是弯曲的，仿佛深藏着一种未知，激发着你内心的欲望。村庄贴着路的北侧向前延伸，若即若离。其实愈往前走，村庄离路愈近，有时直抵人家的门口了。而这时村子里的人气也渐渐显现。在一家房屋前的菜园里，一个老人正在侍弄着一片绿油油的蒜苗。我走到他跟前时，他

瞄了我一眼，显得很随意，或漫不经心。我看到他手上沾满泥浆。泥浆是黑色的，有着一种釉质的或者鳞片的光亮，仿佛从大地的母体上剥落的碎片。老人的动作很迟缓，显得凝重、恒久和不动声色。这符合乡村在岁月流逝中的普遍规律。

在老人的身后，有一个方形池塘，塘边有一棵歪脖子老柳树。向下垂落的稀疏柳枝已经绽出些许新绿，但它呈褐色的斑驳树身，倒把那一点新绿衬出某种人世的艰辛、苍凉和幸福在即的喜悦。再往前走不远，村庄变得稀落起来，并且远离了土路。我估计至少相距一百米。这里向北拐了一个弯，在拐弯处也有一个池塘，不过是月牙形的。远远地看，极像一只明亮的眼睛。在塘边上，插着一块用木板做成的广告牌。上面用墨汁写着："此处加工棉胎。"那上面的箭形标志本该是指向远处的村庄，却被谁扭转了方向，指向了田野。细一想，却叫人忍俊不禁。田野里谁给你加工棉胎？而所指方向恰好有一座坟茔。这就使事情变得荒诞起来。你到冥界去加工棉胎吧。那个恶作剧者是否想到了这一点？生活有时就是这样，有意或无意地给我们制造一些小小的幽默。我仿佛看到那个恶作剧者在完成他的"创举"之后，一路疯疯癫癫地狂笑而去……我下意识地停住了脚步。其实是前面的路更加泥泞了。于是，我折返向东。眼前是一条田埂，两边是已返青的麦田。再往前走，就是穿城而过的濉河。现在，它被高高的土堆挡着，你根本看不到它，它仿佛就藏在大地褶皱的深处。太阳还挂在西边的天上，光线已柔和多了。在金色的、类似于米勒在《拾穗》中所描绘的田地里，有人在烧荒。（其实田地里空无一人）浓烟腾空而起。我看到青色的烟雾在空中弥散开来，渐渐向西飘去，而那儿正是我要踅返的栖身之处……

上午的忧郁之旅

　　阳光是那么一点一点地漫过水面的。阳光里有一种少女脸上羞涩的
陀红。我来到了水边，感觉是我身上携带的一本诗集，带来了春天的湿
润和草木微醺的气息。我看到一条装满水草的小木船，恰好穿过两棵并
立的垂柳的倒影。那倒影在小船的摇动中扭曲、变形，然后是支离破
碎，再然后是完美如初。其实波动的倒影也是一种完美，它近似于诗歌
内部的跌宕与起伏，而对岸的河坡上啮草的绵羊则近似于言辞的明亮和
悠远。其实，阳光使一切都显示出健康和有条理，就像钟表指出时间的
坐标及秘密之所在。上午八点，阳光中的陀红已成为向外流溢的橙汁，
而河岸上的一株植物则愈益蓬勃，这恰好印证了我想象中的法国南方风
情的浓郁。昨夜的暴风雨不会再来了。河水泛着一个人唇边的温热碎
末。我从水中看到了兰波哀伤与孤傲的眼神（其实是我自己的），而他
的更具自由、怀念与决绝的诗歌的光芒，在水中（其实是在我的意识
里）更是清晰可见。这可能是一个忧郁者更隐秘亦更公开的幸福。我离
开了水边，同时也把诗集装进了衣兜里。每年，我差不多都要在幻想与
现实之间往返几次。现在，我行走在一条堤坝上。强劲的春风仿佛要使
脚下的堤坝席卷而去。去年的今天，就在这条堤坝上，我与一位黑衣少
女邂逅相遇。相遇是人生中一种情感的骤然产生与补偿。然而时至今
日，她的面容和神情我已日益忘却，只有一种声音还在我耳边回荡。那
就是她的黑色衣裳被风吹动的声音。这类似于我平时翻动书页的声音，
也与我心中潮水起伏的声音不差毫厘。平时，我总想接近一些更平静的
事物。比如，我最近在文字中眺望与怀念的一座葡萄园、一个窑场的烟
囱，还有邻家的一个非常慵懒的波斯猫。然而，总有一些意想不到的变
故，使我心潮再度起伏。比如，一个突然降临的诗句（它会在瞬间改变
我的审美指向），令人郁闷的云层中的阳光突然倾泻而下，还有睡梦中

突然响起的敲门声……上午九点，记忆中的那位女孩所带来的音响已渐渐消弭，而脚下的堤坝也早已不见踪影。我路过一个城郊的养猪场。也是去年，我的一个朋友多次想邀请我去参观，都被我婉言谢绝了。后来有一次在酒桌上，他终于向我袒露心声：人活着真是太累，人要是像猪那样就好了。但我现在的想法是，假如猪能像人一样也怀有一颗忧郁之心……如今，我真想进去看看那些没有思想、更没有忧郁的畜生们。半小时后，我回到了城里。在步行街广场，我无所事事地转悠着。广场上没几个人。一个瘦高个男人牵着他的宠物狗，正哼哼唧唧地从我身旁经过。阳光中弥漫着一股若有若无的腥臊味，似乎更加深了我的忧郁。一个长相平庸的少妇手指花坛，正俯身给她的孩子讲解着什么。花坛里只有一簇蒙尘的冬青树。看来，现实已被少妇虚拟化了。她正用绚丽的色彩涂抹着孩子内心苍白的世界。这正好与我的梦想大致吻合，只不过我是在自己涂抹自己罢了。想想自己孤独、无助的童年，一阵伤感自然涌上心头，我决定立刻离开。正好有一辆公交车驶来，我毫不犹豫地跳了上去。这辆车驶向哪里呢？我没问。这是另一种形式的漂泊。内心的忧郁在漂泊中忽聚忽散。我想去看一场电影，有时又想到茶座里去听听音乐，但公交车在城隍庙公园前停下了。生活就这样在你不经意时改变了航向。公园里冷冷清清。我本想进去小憩片刻，但到门口我又折回了街上。我感到心中又有一层忧郁覆盖了我，问题是我不想使自己过于冷清，而置身于熙熙攘攘的人流中，忧郁就会立刻具有阳光般的质地和密度。它可能会缓解一个人内心的焦虑和孤独，就像冰雪消融于泥土之中。我沿着泗洲大街的左侧匆匆行走，目不斜视，神情怡然。其实我内心脆弱得已不堪一击。但是，在"玉蝴蝶"摄影中心的门前，我还是站住了，因为门旁的橱窗里有一巨幅女孩的照片吸引了我。她沉鱼落雁般的美貌只是问题的一个方面，重要的是，我对她似曾相识。但我很快就意识到了，这种相识只能是自己的一厢情愿；我想起了十多年前认识的一个女孩。我们曾经有过相恋的美好时光，为此我还给她写过一首情诗。然而，她的美丽就像我和她曾经拥有的爱情，早已湮灭在无情的岁月之中。而眼前橱窗里的那个女孩怎么可能是她呢？我只得快快离

去……上午十一点，我回到了家中。出了一身汗，感到既累又轻松，我更感到自己这一生的精神之旅就要在此刻结束了。我从衣兜里掏出那本诗集，随手扔到了床上……

重新升起的月亮

　　谁能够想象到童年的夜晚是一朵艳丽的玫瑰盛开与凋谢的开始？当命运也无奈地化作一河东去的流水，谁又能恪守着夜晚的秘密走出你童年的迷境？九岁那年，我在村头的一棵香樟树下等待着从外省归来的父亲。这是母亲头天晚上就告诉我的。父亲算不上是一个儿女情长的人。在我的印象中，他总是沉默寡言。而他每次归来，我都不可能从他的黑色手提包里得到什么。比如，我很少尝过的包装非常精美的饼干和糖果。而他一脸过于严肃和显得忧心忡忡的神情，总是使我对他惧怕三分；尽管如此，我仍然渴盼他如期归来。有一次看来他情绪很好，他对我说，小宁（我的乳名），明年跟我到省城读书去吧。时间差不多过去快有两年了，可是他从此再也没有提起。说起来，在这期间他也回来过一两次，但是看到他满腹心事的样子，我总是话到嘴边又咽了回去。这件事我也曾问过母亲，母亲叹口气说，孩子，等明年再说吧。那时我已隐隐约约地知道了父亲发生了什么事情，但我总能够把忧伤化作快乐；我不明白的是，大人们到底能有什么忧愁呢？当我拧紧眉头极力想弄清楚大人们的秘密的时候，这时我家窗户玻璃上总会出现一两副脏兮兮的小脸蛋。这就是说，夜晚降临了，我该和小伙伴们出去捉迷藏了。童年的欢乐原来就是这样是以一个时代的悲剧来做为代价的。那天晚上，母亲似乎是自言自语地对我说，你爸爸明天就要回来了。就是那天晚上，

我坚决拒绝了小伙伴们的召唤。我要去迎接父亲的归来！我把这件事作为一个秘密深深地隐藏于内心，一个人向着村头的那棵香樟树奔去。因为在那棵树下有一条蜿蜒而去、通往远方的土路。从早上到黄昏，我在那儿徘徊、眺望，而我内心里巨大的失望，是伴随着暮色和归巢的鸟儿一起降临的……月亮升起来了，血一样的红。它就悬挂在汴河对岸的树梢上。它仿佛是天上一位慈爱的老人，正用充满同情的目光俯视着人间那个怏怏不乐地孩子。我已经快有一天没吃东西了，我只是早上从家里带来一块用玉米面做成的菜饼。那时我既不感到饿也不想回家，而是拐上一条田埂，穿过一片荨麻地，前面就是宽阔的汴河。滔滔的河水带着低沉的呜咽滚滚东去。河面上的月光在不停地闪烁着，仿佛在稀释着我内心无比的忧伤。而泪水早已不断地涌出了我的眼眶……

　　那个夜晚就这样深深地铭刻在我的记忆之中，而那个夜晚正是一个对现实还很懵懂的孩子走上他人生之路的开始。时间总能够抚平大地的伤口，但是那个夜晚奔涌的河流能够带走人间的不幸吗？夜已深沉，月亮不时地钻进淡淡的云层中。回到家时，家里黑灯瞎火。借着从外面照射进来的昏暗月光，我看见母亲也是一脸的泪痕。她端坐在床沿上，一动不动。她并没有问我去了哪里，我默默地爬上床，心想只要睡去了，就什么事也不会有了。只听母亲冷不丁地说道，你爸爸肯定出事了！那是一个漫长而又令人胆战心惊的夜晚。那个夜晚，我的人生如苦涩的泪水，我真想在被子里放声大哭，可是我却忍住了，并且慢慢地平静了下来，仿佛我已经成了一个局外人。我十分真切地听到了窗外的夜色快速流动的声音。我真想跳下床来走出门外，亲手摸一摸那有着流动声音的夜空。我觉得夜空里肯定有成群的飞鸟经过我家的窗外，要不就是大人们所说的银兔已经爬上了我家的屋脊……可是母亲为什么要悲伤呢？难道父亲出事与我们有关吗？他要不回来就不回来吧，难道他比飞鸟和银兔还要重要吗？想想他不守诺言和他阴沉的脸色，我甚至都有些恨他了。哦，那个九岁的夜晚，不谙人间世事的我，带着对父亲深深的误解，沉入了甜美而又迷乱的梦境之中。

　　二十多年过去了。也许，在经历了人生的风风雨雨之后，我不该

再对任何事情耿耿于怀。有时，我真想忘记一切，当然包括那个九岁的夜晚。然而，每每当我心绪茫然或暗淡，那一轮皓月就总会从我心头缓缓升起……我想它是不期而遇的，带着夜露的晶洁和大地上流萤的光点。人间纷纭世事应该与它无关。它重新升起在我的血液中，它第二次，不，它应该无数次补充或拓展了我的人生空间；同时，它亦使过去的一切变得简洁而又繁复、恒久而又多变，并且重新回到一个人的梦想之中。人生也许就是从一种梦想开始的，就像我们从一片月光里看到的童年时光，沉默而又喧嚣，辽远而又逼近……

河岸上的幻景

河岸上的那轮月亮带来了这个夜晚的寂静和一阵清风的拂过。其实，这个夜晚是很平常的——那轮月亮只装在我的记忆里，而我今晚枯坐家中，窗外浓浓的夜色可能使我的思绪如绸带般飘动起来。我注意到了外面的天空中只有很少的星辰在闪动。它们黯淡的光辉已使大多数人进入了梦乡。我是坐在我的书房里，面向南，几米开外就是通往阳台的门。门的上半截镶有三块玻璃，这正好给我的目光提供了通道。在我的右侧有一个窗口，但带有棕榈叶和不知名果实图案的绿色窗帘已把窗口遮得严严实实——平时我是懒得把窗帘打开的。但潮动的心绪却不容许我的目光无所企及。它就是从门的上方寻找到突破口的。外面确实只有很少的几颗星辰在闪动，但它们却触动了我，我很快想起了河岸上的那轮月亮。这是一个特定时空的场景。它包含着人的情感、思想与记忆的骤然产生和升华。我的故乡就是在这种情景中出现的。我首先看到了一条叫做汴河的河流。它流经的土地上有我父母苍老的面容，有我童年的

笛声和歌谣。我是站在河边，面对着自己波动的倒影，让水鸟在四周飞来飞去——它们快乐的鸣叫，亦带走了我童年无忧的时光。当然，在一个特殊的年代，欢乐在艰辛的生活中总是有限的。它就像一滴水，但我从中看到了生活的曙光。许多人总是走不出人生的暗夜，我在他们哀怨无助的时候抽身而出。

我来到了河边。初涉人世的我，总是能积攒到足够多的快乐，来面对那一个个清凉如水的夜晚。月亮仿佛穿过我的血液，然后爬上我的指尖——我心中澎湃的激情至今想起来还是觉得不可思议。为什么那个少年的身影在我的记忆中有着一圈月华的光轮？这永恒的画面难道喻示着一种不可更改的命运？有时我想到了紧挨在河边的老屋。那是我最初的家，我的心就被什么一下揪紧了，我能够感到"命运"那狰狞的面孔，同时我有一种被历史的光束罩住了的感觉。母亲总是在昏暗的煤油灯光下缝补浆洗，并向我讲述家族的变迁史。有一回我在河边行走，路过一条很深的水沟。一根已经发黑的骨殖从被水冲刷的土崖中裸露了出来，我立刻想到了惨死在日本人刺刀下的伯父。母亲特别提到了一条水沟——那种情景尽管只是被我加以想象，但还是如亲眼目睹。我几乎惊骇得要大叫起来。我在逃离的时候，背后似乎有伯父的冤魂在喊叫……还有一次，母亲讲到她怀抱着我一岁的大哥，躲在老屋里的床底下。那是一个深夜，从城里下来扫荡的日军向着村庄疯狂地扫射。母亲说，屋外的墙坯被打得哗哗直往下掉落。

第二天，我真的去查看了。墙当然是好端端的。大失所望的我还在心里嘀咕着，那弹痕弄哪去了呢？难道是母亲在骗我吗？这就是孩子！几十年的光阴在他童真的内心里是不存在的，他直接抵达了那个场面，那个令人心悸的场面在他身上只剩下了好奇。如今，老屋已被夷为平地。我健在的父母已择地居住。他们仍然是我故乡的一部分，就像分布在汴河两岸的田地和槐树林——有时我很想听听故乡的声音；我曾经放牧过的一条老水牛的哞叫，我在牛背上萌发的爱情的呼唤。我当然看到了一个女孩。她叫穗子，十五六岁的光景。我们在一起除了放牛还做游戏。她总是穿着又肥又大的圆领衫。有一回我们蹲在地上走田字棋。她

57

圆鼓鼓的小乳房就在我眼前暴露无遗。我的惊慌失措终于使她意识到了什么。她绯红着脸捶打着我，说你真坏，你真坏——这略带羞涩的娇嗔使她的目光柔情似水。过了一会儿，她低着头说，从今以后，你要对我好……我已忘记了我是否答应了她。我甚至快要忘记了这段短暂的情缘。如今我枯坐在城里的家中，这段飘散的情缘猛然照亮了我暗淡的心境。那轮从河岸上升起的月亮，仿佛就是人类灵魂中抹不去的幻景。

自己的秘境

　　现实生活中的秘境我们往往是看不到的。这绝非人的愚笨所致，当然也不是来自于我们的疏忽。其实人本身就是一种秘境。每天，我差不多都在伏案写作。那些对别人没多大用处的文字为什么能够使我如醉如痴？在宁静的夜晚，在红尘滚滚的白昼，我休养生息的这片土地上，肯定有一束人们难以看见的光芒在照耀着我，不，应该照耀所有的人。而我所发现的"秘境"，只能是我自己的秘境。就像我在夜晚写下的文字，诡秘，阴柔，在我命运的前方，宛如星辰一般闪烁。因此，当我站立在街上的人流中，一方面我被他们推涌着，另一方面，我似乎又在"驱使"着他们；他们的归宿有可能就在我的文字中被改变了。于是我由此进入了一种秘密的隧道。那是由时间与空间构成的画面；它们既杂乱无章，又整齐有序。我仿佛突然明白了一个道理：岁月总想无情地摧毁一切，但我却极力想抓住历史的绳索不放。我要让自己永远站在昨天的土地上。昨天是城隍庙、是老戏园子，是青石板街道，还有着南街的河塘、石拱桥和老榆树……但在今天，这一切差不多都消失了。

　　如今，我所居住的小城越来越现代化了。人们脸上的表情是平静

的。他们坦然地面对着生活的变故。而我却从残存的桥墩上发现燃烧的月光和昔日市井的喧嚷……对昨天的怀念，是否说明自己已经老朽？或者是一种病态的表现？但我确实还很年轻，自觉心态也是很正常的。其实，遍布我们这座小城的仿古建筑就是为了迎合人们的怀旧需要。按照人们正常的逻辑，只要历史已被青苔覆盖，那么它们就没有保留的必要。要想重温过去，那么你就抚摸一下平安塔的栏杆和墙壁吧。虽然该塔始建不久，但它具有隋唐风格——这是一条通往远古的最佳路径。怪不得有许多老人站在桥上向它眺望呢。他们心中可能也有那么一条秘密路径吧。我当然不属于他们那个群体，但我也喜欢眺望。眺望可能就是一种飞翔，它比追忆更具力量。追忆只能走向过去。但眺望就不一样了，它掠过现时的大地，更是直指未来。比如，当我对静泊河边的船舶深情凝望，我的内心里就会横亘着无数条河流。那些船舶就会扬帆起航。它们走向何方，就会在我心中形成无数个谜底。这些谜底就是一个人的欲望和激情。那时，我倚门向外眺望，鸟儿早已飞出了我的视线，白昼与黑夜也不知轮转了多少次，我的头发肯定白了，我站立的地方已成了历史的遗迹，可能也早已被青苔覆盖着。这就是一个人的历史，也是我们这座小城的历史。历史就是这样形成的。这——难道就是我苦苦追寻的秘境吗？！

二十一世纪一个春天的最后一些日子，我内心里原先集聚的一些东西仿佛被什么稀释了，我突然变得无所事事起来。那些日子我就在小城里漫游、徘徊。我不知道我要寻找些什么，我更不知道自己失落了什么；世界依然像河水一样向前流动。它们似乎一切向我敞开了，又似乎一切向我关闭了。我已无须寻找什么秘境，但我又分明感到生活向我设置着更多的秘境；街上几乎每天都有新开张的店铺。它们越来越具有煽情意味的店名，和更具诱惑更别出心裁的广告语，搅得你心跳都要加快了。有时我也追问自己：你置身的世界到底是现在时，还是过去时？有时，我觉得自己是站在一道缝隙之中。我不知道是想把这道缝隙拉得更大一些，还是想把它们紧紧地黏合在一起？有一日，鲜艳如血的夕光穿过楼房和梧桐树，遍洒在小城的街道上。人们都很匆忙，而我却在人行

道上踽踽独行。"这时候你自己就是那些不曾生活在你的时代的人们具体的延续，而别人将是你在尘世的不死。"（博尔赫斯语）

晃动的黄昏

黄昏时的光线是柔和的。空气透明得就像世界的原初。有几只蜻蜓在飞。它们身上沾染的那种胭脂色的夕光，简直精美绝伦。这个时辰适宜歌唱和怀旧。这个时辰还适宜让爱情在风中孕育或生长。可是我一样也没有。那时我十五六岁。那时我站在一个灰暗的、仿佛是历尽沧桑的草垛旁。我已经站在那儿很久了。草垛既是我的背景，又与我形成某种对应——我的神情自然也是灰暗的。这似乎是上苍所给予我的刻意安排。我把草垛作为屏障，把自己隐蔽起来，但我不时地探出头来。我的目光里尽是焦渴、羡慕和神往。这可能是我少年时代一个非常好的注脚。一方面是苦难，另一方面又是从苦难中孕育出来的美好幻想。这种幻想绝不是空穴来风，它总要寻找到现实的依据。

从省城下放的周某是个右派。人精瘦，戴着一副金丝眼镜。平常穿着一件中山装，到了傍晚，就穿一件掖在裤子里的白衬衫。这种做派在乡村里是绝无仅有的。打太极拳和散步是他在黄昏里必做的事情。现在，他正一招一式地打着太极拳。当暮色泛起时，他的身影就该出现在西边的田埂上了。按理说，作为右派，他既不该让人羡慕，也不该这么逍遥自在（他还有不菲的薪水和宽敞的住房）。如果说他受到惩罚的话，他仅仅只是从省城移到了乡村。而当地的一个右派其悲惨处境几乎不能与他同日而语。我甚至为后者愤愤不平了。只是我后来猜测，周某的右派可能已经平反了，况且他还是个省城的大干部……渐渐地，我不

再将他们做什么比较了，内心也平静了下来。并且，我猛然感到周某就是照亮我人生的阳光。他的今天，无疑就是我的明天。然而，这个念头是隐秘的，它只能在我的血液中运行，就像在暗中潜行的飞鸟。一个人对另一个人的影响竟是如此的深刻——多少年之后，我身上一种高远的秉性的形成，怎能说没有它的历史渊源呢？

　　时间虽然已过去了二十多年，但上述那个画面却是如此清晰地呈现在我的眼前。我的确记住了一只蜻蜓身上沾染的夕光！因此，我感到黄昏已赋予我多方面的人生意义。它引申出了一个人的记忆、命运和品性，等等。尤其是，黄昏被我不同时期的心境和幻觉重新组合了。这种情景既恍惚又真实。当现实的黄昏与往日的情景重叠时，你会感到自己正从一个梦境走出来，接着，你又会感到自己突然向另一个梦境中走去。这时候，你反而把什么都看清楚了。你看到了一棵树，或庄稼上空疾速飞行的雁阵。它们是过去的，也是现实的。它们交织着，相互印证着；它们遮蔽着你，有时又将月光或白昼的光线从某种缝隙中洒下来，在你的心灵里形成斑驳的光影。这时候，你总会在凝视着什么，其实你是在倾听着什么……某年某月某日，已离别故乡多年的我，又重新踏上了故土。那是个黄昏，故乡之行对于我似乎有着非同寻常的意义。那时周某一家早已返回省城，这件事我是知道的。冥冥中，感觉心里被什么驱使，但却幽幽的。我不知道是为了了却什么，还是为了获得什么。那时天空还很明亮，夕光洒在身上有一种温暖的感觉，尽管那时已是冬季。我默默地走着，四周很静，只有脚下发出的沙沙的声音。就在这时，从背后传来了隐隐的钟声。这种声音很黏稠，仿佛久远年代里淤积的血。我抬起头来，于是我就看到悬挂在地平线上的夕阳轻轻地晃动了一下，接着又轻轻地晃动了一下……

夜间的旅行

　　房间里橘红色的灯光使人昏昏欲睡。它至少证明了这样一个事实：时间正向一个人的梦乡挺进。这不，当困意阵阵袭来的时候，你还想做最后的抵抗。你喝了大量的浓茶，又在房间里走来走去，你还打开CD机，让摇滚乐震天动地地响起来。这几招果然奏效。困意被击退了，你身上的血液却汹涌澎湃起来。这正是你需要的结果。其实，你并不想做什么事情。你对睡眠的抵抗，是因为你对睡眠有一种本能的恐惧。"睡眠对那些遭到墙壁与帷幕窒息的人们来说似乎是暂时的死亡"（史蒂文生语）。而除了对死亡的联想，这种恐惧似乎已经由来已久了，但究其原因，你又一时难以说清。要知道，你曾经是一个热爱睡眠的人。这种热爱近乎是一种病态。现在这种重大的转变，仿佛是在一夜之间形成的。从白昼到黑夜，你突然意识到，这是两个迥然不同的巨大空间；色彩的差异，也许只是一种表象。重要的是，它给人类乃至世上万物提供了两个不同的生存境遇或表演舞台。白昼是敞开的。它要求你的身体、面容、语言和思想，尽量置于阳光之下，正如诗人所说，阳光将穿过你心灵的回廊。但黑夜就不同了。黑夜总想遮蔽一切。它总是和阴暗、阴险、阴郁、阴柔等词汇搅混在一起。这仅仅只是泛泛而言。如果进一步延伸，我们自然就想到了一些人的不轨行为。你当然不是这么回事，就像水与火不可同日而语。你热爱黑夜，可能更与你的心灵有关。对于你来说，那个喧哗、躁动的年龄已经过去了。那似乎就是白昼的狂热与激情的隐喻，而你走向黑夜仿佛就是一种必然。黑夜中响起的旋律是缓慢的，而黑夜中一些事物的坠落与沉淀也是缓慢的，这可能就吻合了你的心境；"那里面有着宏大的宁静与美"（伍尔芙语），而夜色恰好就为你提供了这些。

　　然而，你不是没有意识到黑夜中也潜藏着危险，你只能全然不顾

了。更何况，你有时甚至天真并且固执地认为，只要内心安宁，黑夜只会给你提供更安全的保障而不会伤害你。就是这样，你打开家门，一个人开始了夜间的旅行；就是这样，在夜色中醒来的星辰、蒲草、牛群、露水……也在你的心中醒来了。你在黑夜中行走着，已经有好几个年头了。时间的碎片在夜色中纷纷剥落。夜色就像墨汁一样，渗进了你的眼睛和血液之中。有那么一刻，它突然为你打开了一道门扉，你就这样看到了一个全新的世界——你当然不是用眼睛，而是用你的心灵。你的心灵中有如白昼的艳阳朗照下的景物。即使是在冬季，被冰雪覆盖的田陌、山川和林木也会在你的心中缓缓浮出黑夜的水面，让你看到它们的深沉、雄奇、苦难和沉默。

你由此读懂了黑夜，读懂了在暗夜里的人以及万物的命运。当你回望白昼的时候，你首先看到了从你的窗口透出的一抹灯光。灯光是人类对白昼的刻意缅怀，更是人类对白昼一厢情愿的移植和人为制造的幻境。当你眼前一片光明时，你也就进入了白昼的虚幻之中。你好像一时承受不住这片光明的笼罩，于是你在一刹那感到身心俱疲，那巨大的困意也向你发起了最猛烈的进攻……除了生命的陨落，谁不会最终在睡眠面前败下阵来呢？然而，你在安然地走进梦乡之际，你的嘴角已露出一丝笑意，你甚至会在心里由衷地说道，我感谢黑夜……

第二辑

童年时期的光和影

童年时期的光和影

一 开篇

　　据说婴儿在他离开母体之后便有了记忆。当他睁开眼睛，相信外部世界绚丽缤纷的景象，一定会让他喜不自禁。那些景象也一定会在他心中被确定下来，只不过他还无法言说。达尔文也许从生物视神经复杂的构造系统中，从而发现了生命进化的秘密。曾经报载在南亚某国一个原始丛林中，一头野象遭狩猎者袭击。十年后，这头失去了象牙的野象居然认出了它的仇人，并立即置对方于死地。可以想象，仇恨的烈焰一刻也没有在那头野象的心中停止过燃烧。那复仇的信念绝不会因岁月的流逝而使它发生动摇。高等级生命被上帝赋予了爱与恨的权力。叫人难以置信的是，他或它们都会循着记忆的甬道，把业已消失的往事，推出时间的水面。

　　就我个人而言，我的记忆只能往前推进到三岁时便戛然而止了。我曾经极力想记住三岁之前的事情，但我的努力只能是徒劳的。在那片混沌的时光中，我究竟置身于怎样的世界？我第一次触摸到的难道仅仅只是母亲的乳房？这些无从查考的事情仅靠想象是无法还原为真实的。数年前我游览南京中山陵，当我第一眼看到耸立在紫金山脚下的灵谷寺，竟然觉得它是如此的面熟。难道我来过这里？可是我为什么一时又无从记起？我在惊讶之余不禁摇了摇头。后来，我懵然开启，那段尘封的

记忆，终于在我脑海中复活了。直觉告诉我，那一年我应该是三岁，母亲、外祖母和我一同去灵谷寺。她们把我拥在中间，牵着我的手，一路欢笑着拾阶而上。那是一个风和日丽的日子，绿树蓝天同样在我记忆中复活。我甚至还记得脚下被磨得没有棱角的青石台阶，有大团的阳光在那上面飞舞闪耀。有一次我去询问母亲。还好，她记得这件事，她说我那一年正是三岁。

有学者对人类的童年进行过考证。说人在茹毛饮血的年代，其脑部沟纹的密度就已经接近现在的人类。就是说，他们的智力水平并不比现代人逊色多少。我国宁夏卫宁北山地区大麦地岩画；西班牙阿尔塔米拉的洞穴岩画；意大利梵尔卡莫尼卡史前岩画；阿根廷洛斯马诺斯史前岩画……所有这些早于人类文字出现之前的岩画，无不气势非凡，千姿百态，其高超的艺术手法，仍令今人惊叹不已。我小时候也喜欢信手涂鸦。有一次我画了一只类似恐龙的动物。它俯卧在山坡上（也可能是盘踞），目视远方，眼神中似乎透出几许茫然。它的背景是一片稀朗的树林，在树林的上方悬挂着一轮太阳或者月亮（那情景似乎更接近于夜晚）。那是我第一次拥有水彩笔。对色彩的喜爱也许并不为人类所独有。比如飞蛾扑火。它们对那片亮色的本能而又执着的追逐，而丝毫不去顾及那毁灭性的后果。我当时只顾得上高兴了，到底是谁把那盒水彩笔送给我，现在我已经无从记起。在画那幅画之前，我已经画了好多幅。因为心情激动，必然要手忙脚乱。手被弄脏了不说，无意中还涂抹了一个大花脸。记得母亲当时忙里偷闲地对我说，去照照镜子吧，看看你那鬼样子！母亲的话简直就是耳旁风，我想我那时已经进入佳境，一幅《史前的世界》（如今姑且这样命名）几乎就是一气呵成。当我放下手中的画笔，我的额头上肯定已是热气腾腾。我极力屏住呼吸，那欣赏的眼神好久不曾从画面上离开。

不久，我大哥回来了。在我们家里，大哥是我最崇拜的人。他就像大人物似的踱到了我跟前，并扫了我一眼（他没有像母亲那样对我的"鬼脸"做出反应），目光很快就定格在那幅画上了。我一阵欣喜。他端详了好久，眉头渐渐皱了起来，神情也好像是异乎寻常的凝

67

重。我的心渐渐悬了起来。他问：这是你画的？我嗯了一声。那天，我没有得到我所期待的夸奖，却是劈面而来的一顿批评。他说，这幅画的格调是如此的低下。你为什么不去画我们这个时代的英雄人物？我的涂鸦生涯也许就终结于那个午后。我的命运走向也可能在那个午后发生了根本的改变。

这段经历我相信在大哥的记忆中早已烟消云散。我有必要对他旧事重提吗？如果一个人对另一个人造成了伤害，而他又是浑然不觉，那么这件事对于他就如同没有发生；没有发生的事件是虚无的，道义或者责任就更是无从谈起。我从不以为人的记忆能够经受得住时光的磨砺。时光足以摧毁一切，并使之变得缥缈无踪。我曾经穿过一个陌生的村庄。我在暮色四合时心中一阵恍惚。我陷入了由自己设定的迷境之中。往日的情景在暮色中交替呈现。河流、道路和村庄都在时光中模糊了它们已有的面目。上帝以魔术师的身份，对这个世界重新进行了置换。我在哪里？我们走近的究竟是现实还是梦幻？难道庄周梦蝶是人别无选择的生命情境？我还记得另外一件事。几年前我和一位朋友一同去外省爬山，路过一座废弃的寺庙。当时我所发表的感慨如今我早已忘却。他重提这件事时我大感惊讶。我曾经说过对神灵不恭之言？朋友言之凿凿。我哑然了。我只能陷入对过去的迷惘与困惑之中。

二 东围外（之一）

我最初的家，是一个叫做东围外的地方。

这地方没多少特别之处。要说特别，也就是两条呈丁字形的河流，把青城密集的居民区分割成若干个部分。我住在一条河的右侧。其实它是称不上河的，当地人叫东大沟。一年四季它基本上是干涸的。它简直就是大地上的一个伤口。从我家门前的方向看去，它是敞开着的。一个并不惊心动魄的斜坡，引领着你走向那伤口的深处。我

曾经在无数个夜晚，手托下巴对着那个方向凝望。我不知道我在凝望着什么。沟对岸是一条高高的堤坝，堤坝上散落着一些民居。我是一个不爱说话的孩子。我一直以为，别人把话全都说完了，他脑子里也就空了，而我呢？不肯多说一句话，那些话语就一定都会聚集在我脑子里，哗啦啦的，一片喧嚷。

我曾在夜色中向那沟底走去。我的脚步很轻，走得很缓慢。在夜色中我有一种飘飘欲飞的感觉，好像我的身体中有一种看不见的力量在提升着我。那种奇妙的感受也许是源自一种地理的因素，更可能是那道斜坡催生了我头脑中的一种幻想。我毫无什么目的性。沟底的情况我再熟知不过。我可以回过头再走上一遍。第二次的感受肯定和第一次迥然不同。一个孩子对一件事情的乐此不疲，他内心里肯定在被什么驱使着或诱惑着。我觉得我是在和自己做着一个游戏。这种游戏当然是和孤独有关。童年的孤独很容易被成年之后所忽略或遗忘。我们对它理解的千差万别，或许是我们成长之后的一种明证。

有时，并不是在夜晚，而是在白昼的某一个时刻，我在大沟里徘徊。我从人生的初始阶段就习惯了这种形单影只的生活。如果说有谁相伴的话，那就是这条大沟了。这种相互依存的关系，确实有一种宿命的意味。这是一方水土，它呈v字形把我的生命镶嵌在这里。我想我日后对命运的抗争，的确就是命中注定的了。但在当时，我是浑然不觉的。我有我的快乐。我家门前有一块大青石，它呈斜状面对大沟。我想它们之间一定隐含着什么。大青石也是沉默的。它们遥遥相对，好像僧人禅坐，悟到了天地间的偈语和醒世之言。我想我一定是它们之间的代言人。因为我参与了它们的沉默。我有时坐在大青石上发呆，有时依然是手托下巴，津津有味地观看大沟两岸人世间上演的剧情。

东围外也叫东大街。它其实不是真正意义上的街。它们只有一排高低错落的房子，门前是一条青石板铺就的路。因为没有一家店铺，人们称它为街，我至今都是百思不解。这一排房子大多都是青砖灰瓦，也有茅草苫顶的土屋。它们的排列并不是整齐划一的。有的朝前，有的退后。这种格局似乎很有意味。这样就形成了许多的墙角。它们的隐蔽性

为我们的童年提供了某种游戏。起先这种游戏只在男孩子们之间进行。后来女孩子们就成了我们游戏的目标。嘿！我们总是这样出其不意地从墙角里闪出来。我们从她们的惊叫声中体验到了某种快乐。人类某种具有攻击性的天性，往往在游戏中初现端倪。这种不言而喻的事实，却往往被世人忽略不计。但这种游戏绝不会给你带来永久的快乐。她们再次走到墙角时，总会放轻脚步，那充满警惕性的目光，仿佛早已穿透墙壁，及时地识破了你的诡计。女孩子们胜利的微笑，等于宣布一场戏剧的终结。那样的情景，使东围外的男孩子们郁闷而又丧气。他们丧失了直面女孩子们的勇气，他们只能低垂着脑袋，在阳光下百无聊赖地行走。每当这样的时候，我希望生活中能够发生奇迹。这样的奇迹应该与女孩子们无关。

我永远是孤独的，即使是这样的游戏，我也总是很少参与。我想我在许多的时候，都处在一种生活的流程之外。我只是用目光去捕捉这个世界的每个细节。我注意到了一个名叫张阿太的老人。唯独他的房子在这条街的另一侧。如果从空中鸟瞰，他的房子或许就是谁随意在大地上抛洒的墨迹。他的屋后就是那条大沟。大沟虽然终日不语，但有时也会有夜风从此呼啸而过。张阿太已经鳏居多年，没有人愿意走进他那间阴暗的屋子。我想肯定有夜风光顾过他。那些神秘的访客也许会和他闲聊一些陈年的琐事。即使是关于女人的话题，也许也会在他梦中出现。

关于他老婆的下落，这是东大街人人都想知道的谜。为什么一个人会在一夜之间就消失了呢？在我朦胧的记忆中，他的女人是个瘸子。她屁股底下垫着一块方形木板，木板底下安装三只轮子。她若走动，必须双手用力撑住地面，和用篙撑船的情形是一样的。这个女人常年蜗居在屋里。因为屋内光线太暗，没有人真正看清她到底是何模样。有一年她在门前晒太阳，我第一次看到她的脸色白如菜根，额头上的血脉呈现出一种鲜明的蓝色，而她的嘴唇上方竟有一颗红得耀眼的痣。此后不久，这个女人就从人们的视野里消失了。我觉得一个人的消失，就像是被风吹走的一片落叶。你似乎看到了它始终在你眼前闪现，其实那很可能就是一个错觉。我一直感到纳闷，东大街的街坊们为什么对此保持了长久

的沉默？后来恍然大悟。有人挠挠头皮，然后又拍了拍屁股，好像他真的在荒郊野外睡了一觉，现在该掸去自己身上的尘土了。是啊，这个女人已经好久没有露面了。他的自言自语简直就是一场瘟疫。东大街的人几乎都在自语：是啊，她怎么就不见了呢？终于有好事者上门造访了。张阿太盘腿坐在床上，手捧旱烟袋，两眼微闭。那番情景就好像他已经超然物外，又好像他对人世间已洞察入微，成竹在胸。这个世界的确就是谜象丛生的。张阿太本身就给东大街的人们设置了谜障，你何以能解得开另一个人呢？我常常看到那些好事者悻悻而去。

好几年过去了。这样的事情对东大街人可能并不重要。他们早已忘记了一个女人的存在。鳏居多年的张阿太也一度从人们的视野中消失。他再次出现是在一个初夏。东大街并不长，三百多米。他可能好久没有洗过澡了。他身上总是散发出一股难闻的味道。东大街上的女人们经过他，总要加快脚步，并且要掩鼻而去的。有人甚至还要撂下一句话：这个死阿太！张阿太现在成了东大街的巡视者。他总是目不斜视、昂首挺胸地从你眼前走过。我看到他蓬乱的头发和敞开的衣襟在风中飞扬，发出哗啦啦的响声。这绝对是东大街一景。他这时候往往并不孤单，他的身后跟着一群看热闹的孩子。有人喊着：张阿太，张阿太，跑了老婆，跑了菜！这可能是前些日子，张阿太在门前墙上晾晒的腊肉被人偷去了。

有一天，张阿太反背双手，再次出现在东大街的青石板路上。早上的太阳刚刚升起，一缕炊烟在屋脊上盘旋着，然后从东大沟的上空缓缓飘过。这是一个干旱少雨的季节。青石板上刚刚还有一些潮湿的夜露，好像眨眼的工夫就不见了。张阿太踏着碎步走来。有人看到他砰的一声就把门关上了。这很有些避邪的意思。张阿太脸上松弛的肌肉好像水波不兴，耷拉的眼皮始终没有抬一下。这个早上对他来说是孤单的，青石板路上只有他一个人的身影。但是看起来他的兴致不错，他先是哼着一首小调，好像是《小寡妇上坟》。见有人走近他，他嘴里就开始不停地嘀咕着什么。他说得含混不清，没有多少人能够听得明白。只有住在街北的李木匠听清了。他眨巴着眼睛问：你说什么？张阿太，要发大水？

71

你这个老不死的，青天白日的瞎说什么梦话哩？

大水没几天就来了。李木匠正给一个人家打做一口棺材，他早把张阿太的话丢到脑后去了。大水是从濉河漫过来的。也就是横卧在东大沟北端的那条河流。那时东大街人都还在睡梦中。有人从梦中听到了轰轰的响声，开门一看，东大沟早已是汪洋一片。我是在睡梦中被母亲叫醒的。家里人都在收拾着东西。那忙乱的景象现在想想真是恍若隔世。洪水已经冲进了家门。那在灯光下闪着亮光的洪水到处乱窜，有一种急不可待的势头。

这是我生命中经历的第一场洪水。时间：一九六六年夏天。

三　小黑湖（之一）

这个名字曾经在我的某篇小说中出现过。

它和东大沟相距不远，仅仅隔着一条堤坝和一片杂草丛生的荒滩。天气晴朗时，站在家门前就可以看到湖对岸老党校院子里的老柳树。这座湖不大，三四平方公里，形状不规则，呈东西方向延伸，大抵像一只葫芦。虽是一座死湖（没有进出口），湖水却是少有的清澈。为什么要叫小黑湖？我曾经询问过许多当地的老人。据说乾隆下江南路过此地。有一天早上他看到湖面上游过一阵又一阵的黑鱼群，乾隆认为这乃吉祥之兆，便命名为黑湖。这当然是无法查考的野史。湖面上曾有一座建于明代的石桥，现毁于"文革"时期。这座石桥曾有许多怪异的传说。据说在匪患猖獗年代，为了护佑城里居民的安全，这座桥在夜里便会自动消失。传说从前有一个农夫挑着一担柴赶早进城。行至跟前，发现眼前是一片白茫茫的湖水，哪有半点儿石桥的影子？农夫疑惑之际，见平静的湖水突然波涛汹涌，农夫慌忙撂下柴草，跪地就是叩拜。当他抬起头时，湖水已平静如初，石桥也已重现眼前。

传说是一个民族书写的神话。在过去和现实之间，我们需要把握的

是历史的记忆还是对未来的憧憬？尽管物是人非，尽管时过境迁，但一个人怎么可能甩掉你昨天的背影呢？如今，小黑湖已经彻底地从我所在的这个城市消失了。它消失得坦然，从容，好像无愧于任何人。我不是一个怀旧主义者。我没有必要去收藏旧日的时光。每天，我必须早早地起床，行色匆匆。有时，我还要对上司的一个眼神，或者一句话，仔细地琢磨半天。我们每个人都活在现实的情境里。卑劣或者高尚，猥琐或者坦诚，这些逐渐模糊的道德界线，也许就是我们每个人最显著的人格标志。而那道记忆的闪电，为什么要频频地刺痛我的心灵？那片曾经留下我最初身影的地方，对于我究竟还有什么意义呢？！

我是在将近八岁时才念小学的。那所小学坐落在青城瓦滩街，也就是滩河南侧。本来有一条街道是直通学校的，但我却是很少走。我总是沿着湖边上的一条小路去上学。这条被打鱼人踩出来的小路，弯弯曲曲，高低不平，既难走又比走大路还要远些。我为什么要做出这样的选择？在今天我已经很难去猜测当时是出于何种念头。我想我的生命中弥漫着那么多潮湿的东西，即使是在今天也不曾消失。我不想非常牵强地把一个人的命运归入这个范畴，但至少可以解释我这个人身上已有的秉性和操守。一九六七年，小黑湖岸边上的一条小路上，长满了野草，也留下了捕鱼人一串潮湿的脚印。湖风吹过来，带着那年代少有的清凉和淡淡的鱼腥味。我背着书包，匆匆从那个打鱼人身边走过。有时，我也停下来，伸头去看看他的用竹篾编织的篓子里究竟装了多少鱼。打鱼人和一个上学的孩子，也许各不相干，但在一个夕阳西下的黄昏里，他们走进了同一个画面。

小黑湖四周同样布满密集的民居。这些房屋布局散乱，纵横交错，像蜘蛛网一样的小巷把这些房屋联结起来。它们就是这个城市最初布下的迷宫。许多人仿佛都是这个迷宫里的前世遗老。他们的神情、服饰，甚至慢吞吞的话语、走路的姿态，都同样纠结着历史久远的气息。居住在这里的人大多都是手工业者、丝布商人或者无业游民。他们的交往也仿佛同样带着小巷深处那种狭小的地域特征——拘谨的、闪闪烁烁的，好像他们该掖着的东西，应该对别人秘而不宣。早上，有人推着平板车

咯噔咯噔地碾过青石板路。你那时听到的吆喝声是嘶哑的、断断续续的，仿佛是被一堵墙或者一片青苔给阻隔了。

我有一个同学，名叫许兵。外号叫滴鼻虫。他个头在全班里是最高的，脸上却整天挂着两道鼻涕。他从不用手去擦，而是使劲地抽吸着鼻翼。那吸溜吸溜的声音似乎现在还在我耳边响起。他家就住在湖边，我每天上学都要路过他家门前。他总是和我结伴去上学。我们应该是相处得还不错的朋友。有一次老师问他长大最大的理想是什么。他站起来瓮声瓮气地回答：我要做豆腐。引得全班哄堂大笑。他接着一本正经地说，你们笑什么啊，这是我爸告诉我的。我长大就是要做豆腐嘛。原来他家是青城有名的豆腐坊。他家那条巷子就叫豆腐巷。许兵特别喜欢水，常常一个人到湖里去游泳。为此挨了他父亲不少的揍。有一天中午，他游到湖中心就沉了下去。当我赶到时，他已经被打捞了上来。我看到有人用一口大铁锅把他盖住，还把一只大公鸡闷死在水里，然后放在他的身旁。说这样来世他就不会变成鬼了。当时阳光非常强烈，湖面上似乎蒸腾着一股热浪。而我却感到浑身发冷。好像没有人哭，那个情景似乎有些沉闷，好像时间已经把那个场面给凝固了。

我常常在湖边呆想：小黑湖是不是一个人呢？它夺去了一个人的生命，它就应该有了一个人的灵魂啊。

四 东围外（之二）

那场洪水退去之后，东围外一片狼藉。有不少人家的房屋都倒塌了。街上淤着大片的黄色泥浆，到处都散落着被洪水留下的杂物，有木棒，有苇席，还有一只绣花鞋。我看到一只小猪在泥浆中挣扎着，发出尖利的号叫声。那是一个阳光异常明亮的中午。远处，有一个人在浅水区走来走去，好像在寻找着什么。我和母亲站在门前，默默无语。这是一个静止的画面。多少年来，我在脑海中想象着那个画面。

有时我觉得那个画面极不真实。我是否经历了那场劫难？那个站在门前的孩子就是我吗？当一个人远离了那种情境，你一转身就会发现这个世界并非就是永恒不变的。关于张阿太，他后来下落不明。我在某篇小说中描述他被一条蛇箍死，那纯属我的虚构。而东围外灾后重建，则是我记忆中的一段空白。我不知道这个过程为什么从我脑海中一闪而过。因为年龄的原因，虽然我不会参与重建工作，但并不说明我对这件事不感兴趣。我在上中学时，就曾经树立过一个理想，长大要当一名建筑师。至于我后来未能如愿，那当然是另外一回事。一座房子从无到有，对于成年人也许是平淡无奇的，但对于孩子来说，它们就充满了玄妙。我曾想，在砖块与砖块之间，它们仅仅靠泥浆粘连？它们还有什么不可知的力量在起作用？一座房子为什么呈三角形与天空对应？难道天空也是一个倒立的三角形与我们的房屋对应？种种疑惑如强劲的夜风在鼓动着我的心弦。然而，我没有看到任何重建的场面。东围外仿佛在一夜之完好如初，或者说它压根儿就没有遭遇过一场洪水。有时候，我觉得东围外的人们仍然处在原有的生活秩序之中。太阳仍然从东面老鞋匠家屋脊上升起；卖豆浆的何老汉挑着热气腾腾的木桶，嗓音仍然洪亮地叫唤着从南面走过来；我有时恍然觉得张阿太仍然形单影只地行走在那条青石板路上……有时，从睡梦中醒来，我深信自己仍然身处在原来的那个家，我睁开惺忪的睡眼，似乎还意识到母亲把昨晚刚换洗的衬衣已摆放在我的床头。这是怎么回事？好像漫长的时光，在我眼前只是一种并不存在的虚象……

我还记得，一九六七年春天，我把数粒葵花籽植入自家的院子里。这是外祖母吩咐我这样做的。我当时拿了一把小铁铲。我只是一个七八岁的孩子，那把小铁铲仿佛就是为我定做的。木柄短而光滑，握在手里正好适中。或许是我力气不大，也可能是我不得要领（那时我已体会到了劳动是需要技巧的），更可能是那铲口有些钝，我吭哧吭哧了半天，也没有挖出多深的坑来。我把乞求的目光投向外祖母，外祖母只是站在旁边观看着。她始终没有说一句话，她只是微笑着，或者用眼神在鼓励着我。这件事已经过去多少年了，我至今都不明白她老人家当时的真

实意图。但这件事我还是很快就完成了。沿着院子的东墙，我差不多挖了六七个坑。每个坑里我都埋上了两至三粒葵花籽。这是为了保证它们的成活率。这好像没有人教我，但这并不说明我无师自通。我想，劳动大约是人类生存的本能吧。这世界上第一个学会劳动的人，肯定没人教他，他只能是自己的老师。如果硬要说他师出有门，那么这个人肯定就是无所不在的上帝了。那天下午，当我把种子埋入地下之后，我还想到了要给它们浇水。当时我的想法非常朴素，既然人要吃饭要喝水，那么种子为什么就不喝水呢（肥料可能就是种子的粮食，当时我没有想到这一点）？我端着水瓢，一趟又一趟地给种子们浇水。水缸摆在前屋里，缸口正好抵到了我的前胸，水位又浅，我的水瓢只能舀到很有限的水，于是我搬来了木凳，踩上去。我把水缸弄得嗵嗵直响。当时我母亲和外祖母正在睡午觉，她们仅仅只是在床上警告我而已，后来我想想确实有些害怕。假如当时我不小心一头栽进缸里，那后果真是不堪设想了。

那天下午，我忙得不亦乐乎。从前屋到后院，我不停地往返穿梭，水瓢里的水就像不安分的小动物，它们在我手上欢快地跳跃着，那是我制造的小小浪花。其实它们跳动的幅度并不大，它们只能跃起有限的高度，然后又跌落下来。这是一个充满快乐而又奇妙的过程。人和水那时形成了一个完美的统一。那种快乐和奇妙则完全融入了那个过程之中。你无法分辨出到底是水快乐还是人快乐，而任何奇妙都是难以用语言去描述的。然而，快乐是要付出代价的。那些溅出的水花打湿了我的衣裳，也把脚下的路给打湿了。我穿得很单薄，好像是一件浅蓝色灯芯绒对襟棉袄（现在很少有孩子穿这种衣裳了）。这种棉袄薄薄的，它只适合春秋天穿。刚开始，那一层薄棉肯定帮我抵挡住了水的入侵。当它们也开始饱受浸泡之苦时，我感受到了水的巨大凉意。它不是绝对的冰冷，但它对肌体却造成了一种尖锐的疼痛。我不知道这是怎么回事。我皱起了小小的眉头。我想那时的快乐已经被水抵消。水好像站在我的对面，在嘲笑我，或者在做一些令人不愉快的恶作剧。也许那时候我就明白了坚持就是胜利这个道理。那天下午，我就是一只不停搬运食物的蚂蚁。一般而言，蚂蚁搬运的食物肯定要比它自身大上好多倍。面对那些

庞然大物，蚂蚁为什么无所畏惧？到底是一种什么样的信念在鼓舞着它们？这样的情景我在童年时肯定多次目睹。是不是可以这样说，蚂蚁给我带来了最初的启示？我想人在蒙昧之时，和那些弱小的生物肯定达成了某种默契。那种对彼此有益的启示，肯定是秘而不宣的事情。

我没有想到的是，也许是我的我行我素，在更大的程度上激怒了水。它们用溅湿的路来对我进行最后的惩罚。我的脚突然打滑失控，一股巨大的力量把我的身体向前方推去。当巨大的响声响起时，我手中的水瓢就像脱缰的野马飞速而去。在那一瞬间，我看到水瓢在空中画出一道清晰的弧线，然后重重地跌落在门前的一片泥地里。响声仿佛撕碎了凝固的空气，在那个寂静的午后，显得格外刺耳。响声同时也惊动了在后屋里睡午觉的母亲和外祖母。她们几乎同时惊问：小宁（我的乳名），你在干什么啊？你把什么碰翻了？我跌落在前屋的门槛上，双手前伸，仿佛要去迎接什么。这个姿势似乎意味深长。那是一个人的梦想与渴望？人在这个世上总想获取什么，但他又能从这个世界上带走什么呢？我这个姿势简直就是自己提前写就的人生箴言。是啊，人生是纷繁复杂的，但有时一个姿势就足以说明一切了。

在我身体突然失控的瞬间，我的大脑可能是一片空白。接着，巨大的疼痛肯定迅速塞满了我的脑海。可能有好几秒，我趴在地上没有动弹。我抬起头来，目光投向前屋的门口。那门口没有出现我意料中的身影。母亲和外祖母看来也只是随便问问，就再没有任何动静了。我暗暗庆幸自己躲过了她们的一场责难。我很快从地上爬了起来。我已经顾不上身体还在疼痛（可能是胸部），我现在首要的事情是要看看那只水瓢摔坏了没有（它可是家里唯一的盛水器物）。还好，它只是跌落在松软的泥地上，沾了少许的泥土。我迅速把泥土擦掉，翻来覆去打量了好几遍。那情形就像工人检验一件产品是否完全合格。它的确是完好无损的。我重重地吁了一口气。我觉得这件事，就这样神不知鬼不觉地过去了。只要我不说出来，这个世界上还有谁会知道呢？我以为历史永远都是残缺的，它的所谓完整，那只能是后人的一厢情愿；我还以为，在那历史的隐秘之中，有多少惊人的事件，就这样无声无息地消失了。

在那个愈加寂静的午后，我给葵花籽浇水的工作仍然在进行之中。我觉得快乐又重新回到了我身上。在一刻，我和瓢里的水又达成了某种默契。它们在瓢里重新跳动起来，是不是和我一样，又再次体验到了一种快乐？实际上，我已经具有了某种经验；我知道自己应该保持怎样的姿态，脚步迈出的幅度应该有多大。这种人与物体保持一种平衡的道理，在孩童时代是不是就已经被我所掌握？我想，人的聪慧与其说是与生俱来的，还不如说是某种代价所给予的补偿。

现在，我的乐趣则完全落在了泥土和葵花种子上。种子被一层泥覆盖了，它们是不是很安静地躺在泥土里？它们是不是很寂寞，或者在泥土里期待着什么？我一遍又一遍地给它们浇水，水很快地就从地面上消失了。我就想，到底是泥土在喝水，还是葵花子在喝水呢？我觉得这个问题很深奥。我甚至把脸庞贴近泥土，倾听那水渗透时所发出的嗞嗞响声。我在心里头问，葵花子呀，你喝饱了吗？你能告诉我吗？葵花子当然没有回答我。我和它相隔着一层泥土。这泥土却是硬生生地把世界劈成了两半。一半是黑暗，一半是光明。我就想，种子在发芽之前，为什么就只能生活在黑暗之中？而人在出生之前，是否也要生活在黑暗之中呢？这个问题对于我同样是十分深奥的。尤其叫人不平的是，泥土和种子相比，泥土太恃强凌弱了。它和葵花子争着喝水。我辛辛苦苦弄来的水肯定都流进了它的肚子里。因此，有好长一段时间，我对泥土没有什么好感。

你无法看清楚一个人的能量到底有多大。它平时隐藏在人的身体之中，安安静静的也许谁也不会觉察出来。它一旦爆发，就是你自己也会感到惊讶无比。在那个下午，我浑身好像有使不完的劲。我自己也弄不明白，那巨大的劳动激情到底从何而来？我后来得知，我的祖上几辈人都是十分勤劳的农民，他们把毕生的心血都无私地交给了大地。难道不成我也继承了他们这种热爱劳动的基因？既然如此，我在后来为什么对土地对庄稼却敬而远之呢？难道是因为我过早地支付了劳动热情所致？当我把浇灌工作完成之后，我曾经在院子呆坐了一会儿。那时西斜的阳光照在斑驳的东院墙上，产生一种奇异的效果。我的眼神有些迷离。我

对那墙上的斑纹凝视了很久。那时我脑子里肯定浮出了一幅画面（绝不是我那幅信手涂鸦之作）。同时，我也在思考着一些什么事情，但肯定也不是前面所述的那些问题。

这时，有一只浑身洁白的猫蹑手蹑脚地向我走来。它可能早就在暗中窥视着我。它的眼神是胆怯的，又略含着一丝敬意。它打量了我一会儿，又对着我低声叫唤了两下，然后又蹑着手脚走了。过了一会儿，有一只灰扑扑的麻雀从空中飞了过来。它径直地落在院子里的晾衣绳子上。它的神情似乎有些慌张，脑袋一伸一缩的，还抖动了两下翅膀。它显然把晾衣绳当成了它的驿站。它也盯着我看了一会儿，它是不是觉得我妨碍了它的休息，或者觉得我这个人待在那里似乎有些奇怪。但我很快从它小小的眼神中，发现了它对人的不屑一顾。果然，它只是逗留了一小会儿，就扑棱着翅膀飞走了。尽管这样，它并没有扰乱我的心境。也许我根本就没有把这两个不速之客放在心上。

有些事情的发生是必然的，就像冥冥中有人在指引着你。我的目光一下就落在了院子的东南角，好像我已经发现了那里的秘密。我毫不犹豫地拿起铁铲，就在那里挖了起来。当外祖母在我眼前出现时，我已经把坑洞挖了很深。它略呈椭圆形。土质比较松软，我挖掘时并没费太大的力气。外祖母端详了我一会儿，脸上的神情愈加困惑，好像不认识我似的。她问我葵花子种好了吗？我点点头。她接着就问我现在在干什么。我没有回答她。这个问题我无法回答。我自己也弄不清楚在干什么。看来，现实即使已经给了你的答案，你也是无法回答的。没有多久，我手中的铁铲发出清脆的撞击声。看来我的答案已经找到了。我立即放下铁铲，匍匐在地，小心翼翼地扒开泥土，一个铜质的器皿就渐渐显露了出来。外祖母首先惊叫起来：铜盆！她异常惊讶：孩子，你怎么知道这里埋着一个铜盆？是啊，我怎么知道这里埋着一个铜盆呢？我也感到奇怪。既然如此，你为什么要在这里挖掘呢？面对外祖母的疑问，我更加困惑了。这个铜盆埋在地下显然是很有一些年代了。那上面"咸丰元年"的字样似乎清晰可见。外祖母面对着盆，似乎陷入了久远的回忆之中。她说，这个盆她是见过的，那

一年她只有五岁……哦，一个多么漫长的年代！也许，生活中是存在着大量的偶然性的。我在那个下午，无意中走进了外祖母的童年。那铜盆凝缩了一段漫长的时光，好像它并不曾从外祖母的手中离开过，而我似乎成了这个"事实"的见证人……

五 小黑湖（之二）

许兵事件之后，我有很长一段时间一个人不敢从小黑湖边走。不光是我，许多和我同龄的孩子上学都绕道而行了。大人们总会这样吓唬他们：不要从那边走，小心水鬼把你勾去！大多数孩子都被这句话镇住了。他们缩着肩膀，伸着舌头，一副受惊吓的模样。确实，对于孩子而言：大人们是从不说谎的，仿佛谎言是孩子们的专利；我母亲是个裁缝。她整天忙于生计。我从哪儿去上学，这仿佛不是她所需要考虑的事情。我的饮食起居全由外祖母照料着。许兵溺死的消息，我母亲和外祖母听说过，她们只是叹息了一会儿，也就不再提起。像这样的事情她们只能就事论事，绝不会举一反三，或者有更多的联想。她们根本就不会去想上学的路线与那件事有什么关联。但是谁叫我亲眼目睹了死亡呢？而且这个人就是和我朝夕相处的同学！那时候我还不懂得什么叫做悲伤，我甚至没有为他流下一滴泪。我那时只是感到怅然若失。原先，我总是觉得生活是很实在的，现在却是渐渐空寂，好像是谁硬生生地从我生活中撕开了一道口子。那些风啊雨啊，就可以长驱直入了。我好像失去了遮挡，失去了护佑。我一下子赤裸裸地暴露在风雨之中。而且我不能哭泣，不能呼叫。因为我什么也没有看到。那恐惧是从你心里头生长出来的。它横亘在一个人的童年时期。你无法绕过去，正像我无法绕过小黑湖。它永远出现在我的眼前，即使我在梦中。

有一天，我想我必须正视一种现实了。我无法逃避一个事实，那就是小黑湖。说起来，这件事是奇怪的。我愈是想逃避它，它愈是给我造成强大的吸引力。比如说，我走在大路上，只要没有房屋遮挡，小黑湖

总会牵引着我的目光。在阳光下闪烁的湖水似乎有一种叫人不可抗拒的魔力。我的双脚总会不由自主地离开大路，向伸向湖边那条弯曲的小路走去。我有多少次都逼近了湖边，我甚至都嗅到湖水腥甜的水汽味了。我似乎意识到了什么，吓得惊叫一声，掉转头就跑。那时候，我感到了内心里有了一种前所未有的痛苦。我不知道今天该做些什么，或者不该做些什么。那时候，一个孩子的沉默期便由此产生。

有一个叫李晶晶的女孩，是从外地转学过来的。她和我成为同学时，许兵刚死去不久。她家恰好就住在东大沟对岸的堤坝上，和我家遥遥相对。我每天上学总要经过她家门前，我们正好结伴去学校，一同来去。李晶晶是一个胖乎乎的女孩子，天性活泼。整天叽叽喳喳得像一只小麻雀。她似乎有说不完的话，她的脑海里似乎也装着无穷无尽的疑问。她总是这样问我：哎，我问你：天空为什么是蓝色的？有些星星为什么会眨着眼睛？那天上的银河真的是一条河流吗？你说，风是怎么形成的？树叶为什么会由绿变黄……她的眼睛清澈得如同一泓湖水。她永远是天真无邪地望着你。面对这些成串的疑问，尽管我内心烦躁，但我又不忍心去嗔她。我只能保持沉默。也许，在孩童时代，我就懂得了沉默是对抗外部世界的最好武器。李晶晶急了，圆圆的脸蛋急得通红。她说，宁子哥，你为什么不说话呀，你告诉我嘛。她依偎着我，神情是可怜兮兮的。

有一天下午放学，我对她说，咱们走小路吧。她闻之色变。她说，我怕……我妈说那湖里有水鬼……我冷冷地看着她，突然提高了嗓门：你妈这是在散布迷信！李晶晶几乎要哭了，她压低着声音说，你别这样说我妈，我跟你去还不行吗……看来每个男人都具有强悍的一面。这也许是天性。但当你用这强悍去征服一个弱者时，你难道不会受到良知的谴责？多少年来，我没有忘记这个女孩，是否也存在着这样的因素呢？实际上，我勇敢地走向小黑湖，这是挑战自我的一种表现。我带上这个女孩，这说明我多少还有些自私，对内心的恐惧还缺少足够的自信。李晶晶虽说有些害怕，但她一旦决定跟我走了，脸上就没有半点儿畏惧之色了。她是一只欢快的小精灵。她快乐的天性也同时感染了我。我还

唱起了一首儿歌。我并不具备唱歌的天赋。我常常把一首歌唱得跑调了。这引来了李晶晶的一阵大笑。她笑弯了腰。她说她肚子都笑疼了。这是一个意外的效果。这只能是某件事情行进之中的一个小插曲。我感到某种安慰。我们很快就走到了湖边。那时，死亡的阴影早就从我脑海中消失了。我没有想到黄昏时的小黑湖是那样的美丽。湖面非常开阔，镜子似的平滑。太阳就挂在湖对岸的柳树梢上。粉红色的夕光绸缎似的铺在水面上。它们随着湖水的波动而轻轻地波动着。远处，有一个人在撒网。那张开的网从半空中缓缓落下。那网好像在半空中定格了。它成了我记忆中一个静止的画面。美国作家亨利·梭罗在他的著作《瓦尔登湖》中写道："不是梦里，连缀起这诗行；就是瓦尔登湖才使我更接近上帝和天堂。"此时我似乎和他感同身受。

这一年的冬天，天气特别寒冷。到处都是冰天雪地的，家家屋檐下都挂起了长长的冰凌。它们晶莹剔透，宛若人间仙境。这好像是我有生以来经历的第一个严冬。那一年，我出水疹，非常严重。母亲不许我出门，整天只能躺在床上。母亲也不知从哪弄来的干牛粪。牛粪就盛放在我在院子里挖出的那只铜盆里。我没想到干燥的牛粪十分易燃。每天铜盆里都燃着一堆旺盛的红火。屋子里烟雾腾腾的，弥漫着一股清香的野草味。如果谁是初来乍到，那烟雾肯定会呛得他受不了。母亲还在门外挂上了一道厚厚的蒲草帘。这样，外面的寒气就被隔绝了。有时，母亲非逼着我喝下一碗红糖茶（里面放上生姜、胡椒等佐料，我不喜欢那种甜涩涩而又怪怪的味道）不可，我顿感浑身冒汗。我随即掀去盖在身上的棉被。这往往要招致母亲的好一顿训斥。她还在门楣上拴上一个红布条。红布条非常醒目，它在寒风中哗啦啦地飘荡着。开始我不知其意。我只是感到，自我生病之后，家里再没有外人来过。后来我才明白，红布条竟然起着这样的作用。

大约一个月之后，我完全恢复了健康，母亲终于允许我外出了。我早已急不可待，我就像离弦之箭一样冲出家门。我一口气狂奔了好几里，然后停下来，微微弯曲着身体，两手抵着双膝，大口大口地喘着粗气。空气真好，真透明，阳光也是极其灿烂。就在我转身的瞬间，我

惊讶得睁大了眼睛。我看到了小黑湖一片冰封。那冰面在阳光下晶莹透亮，闪耀着迷人的光晕。这真的是我有生以来所见到的最迷人的景象。我看到许多人都在冰面上行走。有的人像燕子一样在上面穿梭往来。面对此景，我早已把一切抛之脑后了。我迅速地走上了冰面。我模仿着大人们滑冰的动作，但我总是不得要领，不时地把身体重重地摔在冰面上。有人看着我大笑，我一点也不气恼，我还憨憨地回报人家一个微笑。我没有想到，我在家躺了一个月，这个世界竟然发生了这么大的变化。这时候，我真的有些生母亲的气了。要不是她阻拦，我怎么会姗姗来迟？这时候，有一个很壮实的男人滑到我跟前，向我伸出手说，喂！小朋友，把手给我，我来教你。事实上，学这玩意儿，我并不笨。半天下来，我很快就学会了。当我在冰面上身轻如燕地穿梭往来，我看到许多人都向我投来羡慕的眼神。

就是这样，滑冰成了我那段日子里最重要的事情。我真的没有想到，这如隐士般数百年来修炼而成的湖泊，竟然就是我流连忘返的天堂。转眼间，第二年的早春来到了。空气中吹来了缕缕暖风，虽然还有些许寒意，但还是让人能够感觉到季节发生了根本的转变。只要你稍加留意，湖边的垂柳已经绽出了星星点点的苞芽。那些大雁们早就光临我们的头顶了。它们呈人字形呼啦啦地飞过湛蓝的天空；有时它们发出清脆的鸣叫，好像响彻整个天空。湖里的冰在人们浑然不觉中开始融化了。鱼儿在水下已经沉睡了一个冬天，现在它们醒来了。有人在冰面上凿一个大洞，那些醒来的鱼儿丝毫不顾及什么后果，就自动跳出了水面。其实湖水也不安分了。它们可能也听到了春天的脚步声，就在冰面下涌动起来。就像一群顽皮的孩子，你推我搡，好不热闹！有人把耳朵紧贴在冰面上倾听，他们的确听到了湖水哗哗流动的声音。

那天中午放学，我和李晶晶是一块儿回家的。刚走出吴家巷口，我就撇下李晶晶，向湖边飞奔而去。李晶晶在后面追着我，大呼小叫的。后来我回过头来，看到这女孩子站在那儿，正在哭着鼻子哩。阳光非常明亮，她身上的红格子棉袄格外醒目。我全然顾不了这些了。当我踏上冰面时，我听到了清脆的炸凌声。那道炸凌声响过之后，湖面上只剩

下缕缕的风声了。我看到湖岸上有两三个人对着我指指点点。这反而使我的心情更加亢奋。现在，我就是这冰上的舞者，整个湖泊都是我的舞台。这大自然搭就的舞台，有着透明而又细腻的纹理，更有着广阔而又充满灵性的空间。轮廓鲜明的湖岸线、岸上姿态各异的丛林、高低错落的房屋，甚至天上的云朵，此时都成了我的观众。我听到它们在向我欢呼、喊叫。风，难道不就是它们的代言人吗？就在这时，那个头上裹着围巾、身穿红格子棉袄的李晶晶又在湖岸边出现了。我看到她拼命地在向我挥着手，好像还在跺着脚。由于风大，我根本听不清她在喊着什么。看那情景她一定非常着急。她着急什么呢？这个丫头片子，这个世界上有什么事情使她这样着急呢？刚开始，她离我并不太远，她的身影在阳光下十分清晰。当我一个旋转，在冰面上画出一个优美的弧度，我则向她相反的方向滑去了，她的身影就在我的视线里变得模糊了。我后来想到，这个名叫李晶晶的女孩子，是不是上帝派来拯救我的使者呢？

我后来的结果已经可想而知。我掉进了冰窟里，但我没有沉下去。可能是我身上厚实的棉衣救了我，使我在较长的时间里浮在水面上。当时我并没有想到死亡这样的字眼。我一点也不惊慌和恐惧。我的脸上肯定是从容、恬静的神情，仿佛我的身体下面是柔软的草地而不是冰冷的湖水。我看到阳光异常的浓密、明亮。好像透明的汗液布满整个苍穹；我还看到几朵白云在湛蓝的天幕上缓缓浮动。好像它们是几块白手绢，被一个无形的人拿着，在那里擦拭着天空，而天空是更加的湛蓝了。这是我今生所能目睹的最迷人的情景之一。我想我当时脸上的神情肯定是十分痴迷……

六 火光照耀东围外

我被人救上来之后，家人有很长时间不许我走出家门。

那是一段令人寂寞难耐的时光。生活又回到了从前。有时我们很难

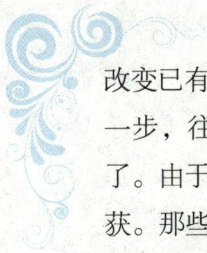

改变已有的生活秩序。好像有一股强劲的力量在暗中拖拽着你。越雷池一步，往往成为人奢侈的梦想。我早就对种植葵花这样的事不感兴趣了。由于院子里没有多少阳光，去年种下的葵花籽并没有我期待中的收获。那些葵花树瘦瘦的，弱不禁风的模样，到了秋天还没有开花就枯死了。葵花树夭折，对我是否有着更多的暗示意味？我从不相信天意，但宿命的意念却为什么深深地在一个幼年的生命中留下烙印？上帝是从不把一条坦途指给你的，你怎么可能逃脱人生中一次又一次的劫难呢？学校里早就停课了。我所有的谎言都是不堪一击的。母亲一边做着活计，一边似乎不经意地就把我的谎言给戳穿了。我又回到了家门前那块大青石上。我画上了人生最初的一个圆。这就是命运？我不相信，但事实就是如此。

我坐在大青石上背书。这是母亲给我的任务。但那时候没有什么书可背。只有一个作为教材的《识字课本》，或者一本《老三篇》。那本伟人的著作，我只需读上两遍就能够倒背如流了。我更多的时间只能坐在那里发呆。这是一个风起云涌的年代。这也是一次语言上的盛宴。许多新名词咕嘟咕嘟地冒了出来。只不过它们个个都是滚烫的，弥漫着一股火药味。我再也不可能坐在那儿发呆了。家人已经顾不上我了，母亲几乎整天外出寻找他的大儿子。东围外好像从一场昏睡中醒了过来。每天都有游行的队伍经过我家门前。他们高举着拳头或者三角旗，高喊着现在听起来也许非常莫名其妙的口号。那些所谓的走资派们个个都被捆绑着游街。那时，我大哥也是一个积极的革命者。我常常在游行的队伍中发现他的身影。

记得有一天深夜，原先的青城中学校长如今却是某造反派头目的刘品宣突然来到我家。要我母亲说出我大哥的下落。我被他们说话的声音惊醒。我看到母亲倚靠在门框上，满脸的泪痕。刘品宣是一个瘦高个儿男人，戴着黑框眼镜。他家就住在东围外南端。我认识他。他平时是一个非常和蔼可亲的人，但此时他却是那样的穷凶极恶。这种善与恶交织在一个人身上，曾经让我困惑了许久。他恶狠狠地对我母亲说，我说柳姐，你必须立刻把你的儿子给交出来！只要他立即回到革命的阵营中

来，看在咱们是多年老街坊的情分上，我会宽大处理他的。可是世事难料，没过多久，这个趾高气扬的刘品宣却因为历史问题被打成了反革命。那些日子，他整天被批斗、游街。这种人生悲喜剧的快速更迭，可能就是那个时代的缩影。也许谁都难逃这样的厄运。面对这样的残酷现实，他在一天夜里纵火身亡了。

那天夜里，我和母亲被外面的喊叫声给惊醒。我们来不及穿更多的衣裳，就慌忙地走出门外。我在夜风中冷得瑟瑟发抖。我紧紧地依偎在母亲的胸前，把她的胳膊拽得紧紧的。喊叫声显然惊动了更多的人家。许多人家的窗口相继亮起了橘黄的灯光。不一会儿，街上就聚集了许多男女。有的披着大衣，有的裹着被单，有的人甚至只穿了一条短裤衩。突发事件使众街邻狼狈不堪。他们都是一脸的困惑。有人不停地抽动着脸上的肌肉，神情相当的怪异；有人直搓着手掌，自言自语地说，这是怎么回事呢，这是怎么回事呢？有个老女人躬着身子向我和母亲走过来。她嘴里的牙可能都掉光了，她含混不清地说，这是天火，看来老天想要灭人哩。

只见东大街南方火光冲天，浓烟滚滚。火光把大半个天空都给映红了。大火足足燃烧了一个多小时。刚开始，人们还能听到一些喊叫的声音，后来就彻底地沉寂下来了。就连夜风拂动屋檐上野草的声音，都是那么清晰可闻。因为火还在燃烧，因此那种沉寂更是深不可测，令人恐惧万分。那时候，我们还不知道刘品宣已经葬身火海。那时候我能够感到母亲的身体也在不停地颤抖。我拽紧了她的胳膊。我的心好像在向无底的深渊坠去。她始终没有说一句话。她只是默默地注视着那片火光。她此时在思索着什么呢？有些事情她是无法想清楚的。那些艰深的问题，远比她剪裁衣裳要复杂得多。我看到火光把她脸部的轮廓映得十分鲜明。有一种油画般的色彩，显得相当的浓郁和凝重。当大火渐渐熄灭时，她似乎从懵懂中清醒过来。她轻轻地拍了一下我的肩膀说，小宁，看样城里咱们待不下去了。明天咱们就回乡下老家去吧。我嗯了一声。好像我此时已经懂事了，长大成人了。她转过身来搂住我，并握住了我的手。她的手细腻而又冰凉。母亲少有

的温存使我感动无比。我的眼圈儿发涩，泪水眼看就要涌出眼眶，好像我们马上就要经历一场生死离别。

周围的人影刚才还模模糊糊的，现在则突然融入夜色之中。他们都到哪里去了？难道夜色已经张开血盆大口，把他们全都吞噬了？我想问母亲，但我感到好像被什么东西给噎住了，喉咙里发不出任何声音。其实，我自己也清楚，有些事是不必相间的。母亲又能回答我什么呢？后来，我和母亲往回走。我们走得很缓慢，好像腿上灌着铅，更好像我们必须小心翼翼，否则就会坠入万丈深渊。那种形影相依、孤立无援的感觉，至今似乎仍然是那样的强烈和深刻！那是我在东围外度过的最后一个夜晚。童年里所有的欢欣与梦想，困顿与苦涩，也许都会随着那个夜晚的消失而远去，而灰飞烟灭。在那一刻，我似乎意识到了什么。我想，我的童年时代，就要在那个火光冲天的夜晚结束了；本来，只要人的生命还在延续，结束就意味着重新开始。谁知道，人生会于何时才能够真正地谢幕呢？

那一年，我八岁。时间：一九六八年秋天。

月光下的回旋

月光下的西瓜地宛如一幅凝脂的画面。它代表着静谧的房舍、夜露和杨树下一种琴弦的弹奏。有时是爪棚里的一双泛着绿光的眼睛。那个在稻秧地里放水的老汉扛着铁锹沿着田埂走来。他的身影有些摇晃。显得飘忽、疲惫和某种程度神智的迷醉。他不时地瞟一眼瓜地，有时又停下脚步，好像在凝神静听着什么。琴声细若游丝。他疑为是风吹树叶的声音，或者是秧地里流水的声音。他感到月光有些恍惚，像飘离了黑森

森的西瓜地，同时有一种窸窣的声音从那里传了过来。他加快了脚步，这时他就看见了杨树下一个身穿白色连衣裙的少女。他看不到少女的脸庞，少女一头乌黑的长发将她的脸庞遮住了。但他能够看到少女怀抱月琴，悠悠的琴声使附近知青农场的灯火明灭不定。老汉暗忖：这是谁家的女子？这么晚了，为什么还不回家呢？

琴声时断时续。老汉不知道那女子在弹奏着什么。他觉得那琴声是他当年从外省带回的一个女人经常在夜间发出的嘤嘤的哭泣。女人每次哭完之后，就对他说，我要回家……老汉总是这样回答她，等给我生一个孩子后，我就让你回家。果然，他的女儿在满月之后，女人不辞而别。但女儿在六岁时被一场莫名的高烧夺去了生命；老汉时而又觉得那琴声是其女儿在世时甜美的梦呓……时间已渐渐是午夜，老汉竟然毫无困意。他索性蹲在一座土堆上，他似乎也成了一幅凝脂的画面，而月亮早已在云层中隐匿不见了。天上的星星很稀拉，四周此起彼伏的虫鸣也渐渐稀拉了。借着老汉旱烟袋里发出的微弱火光，我们能够看到这是一张在中国乡村较为常见的古铜色的脸膛。肃穆、凝重、痴迷，同时又稍带着一个鳏居男人的麻木和呆滞。此时，他仍在倾听。然而琴声早已消失（据说宇宙中有一种巨大的寂静是最值得人们去倾听的）……他不知道清凉的露水已爬上了他的膝盖，他更不知道一条蟒蛇已向他悄悄逼近……

后来，人们在土堆上发现了一堆散乱的白骨，而那把折断杆柄的铁锹离白骨有一米多远；后来，关于他死亡的版本层出不穷，而且愈来愈扑朔迷离……再后来，人们就渐渐地把这件事淡忘了。这个故事却无意中走进了一个少年的心里……当时年仅十六岁的少年，对月光有一种无与伦比的热爱。少年那时已经开始写诗了。月光下的玉米、犁铧、牛车、青蛙跳跃的弧线、院墙上神秘的擦痕……全都在少年心中萦绕着，或者变幻着。一旦想起那个白衣少女，少年也在心中暗忖：这是谁家的女孩？这么晚了，为什么还不回家？

少年常常于夜深人静时独自漫游。少年渴望能够与那位少女不期而遇，但少年总是满怀着惆怅的心绪怏怏而归。若干年之后，少年焚毁了

那些诗稿。那也是一个有月光的夜晚，只是沉闷的空气使月光变得黏滞和浑浊。少年轻轻地划燃了火柴。火苗欢快地舔舐着洁白的诗稿。那些已化成灰烬的黑蝴蝶，也同样欢快地向远处飘落而去。又过了若干年，少年看到一个形体姣好的少女，常常独自在郊外徘徊。这是一个秋天的线条非常简洁的黄昏。她，秀发披肩，脖子里系一条白色纱巾，一身水磨蓝牛仔服，脊背上背着一把金黄色的吉他。她的背后就是当年的知青农场。现在已经是一片废墟。暮色四合，一轮明月缓缓升起。天空中仿佛有鸟翅折断的声音……

少年缓缓向少女走去。少年在她面前站住了。少年觉得少女身上有一种藿叶与野麻油相混合的味道。这味道仿佛就是从他极为熟悉的那片土地上飘逸出来的。他们相互凝视着，沉默着。少年终于开口问道："你还记得十几年前的事情吗？"少女略显窘迫，月光照耀的脸上呈现出惊骇的神情。她向后退了两步，站定，紧抿着嘴唇，一言不发。少年看到她脊背上的吉他在微微地颤抖着。

倾听灵魂的声音

你也许很难想象，有一种闪电是直逼人心的。或者说，它已经穿过了人的心空。你可能听到了一声锐响。不，它没有声音，它只是从人的内心里泛起的一片海水。它立刻汪洋恣肆，它瞬间就能淹没一切；它比闪电有力量。闪电刺破的是夜空，而它刺破的却是人的心灵。这就是冥冥之中的一声召唤吗？这就是时刻牵扯着我们的一根命运的琴弦吗？有时我们是很难左右自己的，有时我们宁愿把命运交给上帝——其实那是心灵的漂泊。即使你已经知道那宿命的幻影是人类自身的刻意所为，

你也往往会用谎言来安慰自己，并为自己寻找到一条多么冠冕堂皇的理由，更何况那最终的结局又是多么值得我们去义无反顾啊。

出生于波罗的海沿岸的世界名模卡门·凯斯终日生活在鲜花、镁光灯和炽热的目光之中，然而她却悒悒不乐，神色中透出万般疲惫和厌倦。有一天她突然对其男友说，我要回去！我听到了故乡的召唤，那是波罗的海充满温情的涛声……是的，是涛声；它已经衍化成一股不可抗拒的力量！现时的欢乐、声誉与财富，统统让给那不可捉摸的命运！

很久以来，我一直在思虑着这样一个问题。我们的人类到底从何而来？有学者声称：人类并非出自地球本土，而是来自宇宙之中。是宇宙中大量飘浮的"孢子"降落于我们的大地之上的。我无法去考证此事有无可能，但我却被这种说法着实震撼了。哦，我已经想象出这件事是真实的。那是一个狂风暴雨过后的早上，极有可能沉睡了亿万年的"孢子"们睁开了惺忪的睡眼，它们隐隐地听到了一声召唤；最初它们并没意识到什么，它们只是下意识地将目光四处逡巡。就这样，在遥远的时光尽头，它们看见了那颗蓝色的星球。而它们一下就那么认定是那颗星球在召唤着它们！于是，它们呼朋引类，摩肩接踵，向着地球飞奔而来……这情景足以使我热血沸腾！

由此看来，上帝洞悉了泥土的秘密，或者说他听到了泥土的声音。泥土是完美的，我们可以从大地上看到生命的全部流程。一个人悄然来到世上，或者一株植物破土而出，这就意味着生命的剧情已经展开。我们当然就是自己的观众。当你悄悄地为自己谢幕，你是否已听到那来自大地的召唤？我记得祖母病故的时候，我还是个孩子。那是一个黄昏，奄奄一息的祖母被众人围绕着。我们原以为她老人家最后能向众人交代一些什么，然而她却突然手指着门外说，你们听，你们听啊，外面有人在喊我呢……外面的世界自然是悄无声息的，众人面面相觑。祖母最终入土为安了。生命的最后形态竟然是一抔泥土。多年之后，我猛然想到，或许就是她曾经劳作过的那片土地在呼唤着她吧。

我喜欢在黄昏时分外出散步。这是一个人与自然亲密相融的最佳时机。尤其是当我将身心全部融入浓密的夜色的时候，我感到心灵获

得了最大的释放。我常常决意向着夜晚的深处走去。我相信有谁在引领着我。那是一种声音。灵魂的声音，流水的声音，或者天籁的声音……许多年前，我在阅读鲁迅的小说《奔月》，对嫦娥的行为感到大惑不解。放着好端端的日子不过（有后羿在深情地爱着她），却偷偷地向着广寒宫——月亮飞奔而去。我后来才明白，这是嫦娥内心里蓄积已久的梦想。

近日，我在随心翻阅着一本画册。法国卡马奈的油画《维纳斯的诞生》深深地吸引住了我。赤裸的维纳斯仰躺在蓝色的波涛上，正如卡门–凯斯所向往的蓝色的波罗的海。她仿佛已进入甜美的梦乡，而五个可爱的小天使则环绕在她的周围。这是一幅绝美而又虚幻的画面。也许，维纳斯在梦中倾听的世界已不可言传；或者，她嘴角所流露的笑意，却早已把那世界的秘密向我敞开了。这么多年来，这个世界所给予我的感动与激奋，已在很大程度上塑造了我。你可能已经听到了，我内心的声音在我的文字中如雪片般弥漫着……

对一个湖泊的行走与守望

十多年前，我一个人在洪泽湖岸边行走。那是深秋时节。大片密布的芦苇已经枯黄。那苇荡里有一条弯曲的小路，我不知它通往哪里。它就像一个迷宫，而且我的确在那时想起了博尔赫斯笔下的"迷宫"。也许正是这一点刺激了我，我竟然心情亢奋、不顾一切地勇往直前。当我抵达湖畔的时候，一轮明月恰好跃出水面。迷人的湖光水色宛如神灵一手造就的人间仙境。当我陶醉其中时，我也就失去了归路。那段经历真的叫人铭心刻骨。是一位捕鱼的老人及时地将我从绝境中拯救了出来。

我后来竟一直疑心那老人是湖泊的神灵。因为随着时间的推移，我却渐渐感到，那种迷失是一种幸福和快乐，是超越了生也超越了死的人的精神放纵。迷失，这个一度令我惊惧的词语，仿佛在我的内心放射出一种柔性的光芒。这种感受几乎是超验的。当人的记忆已被岁月修改，一片蔚蓝的湖水必将融入我们的血液之中。

同样是在十多年前，也就是那次"迷失"后不久，我再次走向洪泽湖。第二次行走，我的心情极为复杂，内心里好像有一种仇视、对抗、寻找和爱恋相互交织在一起的东西。那时还是冬季，大地还很荒凉。我没有找到那片苇荡。我在湖畔走动着，心中似乎充满着一种莫名的快感。天近晌午，阳光稠密而又温暖。我和衣躺在一片柔软的草地上。头顶就是缓缓向岸边涌来的湖水。天很蓝，偶尔有几朵飘浮的白云。四周静极了，没有多久，我就沉入了梦乡。后来我就被一阵歌声惊醒了。那歌声有些沙哑，但很悠远，很悠扬。我只是稍微转动了一下头颅。在我模糊的眼角余光里，有一片帆影似乎一闪而过。接着那歌声也就消失了。这的确有一种梦幻的味道。我知道，人的梦幻极易被一种记忆的假象所复制。这种假象一旦沉入记忆之中，那么从此便会使人深信不疑。

现在，我能够感觉到有一个词语在我脑海里萦绕着。那就是：湖畔。这就意味着我身下的荒草、泥土乃至贝壳、鱼骨已与我成为湖泊的一部分。我就是湖泊之子？这想法突如其来，又仿佛经历了漫长岁月的聚积。我感觉是被什么轻轻撞击了一下，其实是湖水在我头部的前面强有力的涌动。接着我感到了大地有一种轻微的颤动。我想这种颤动是应该以湖泊的空阔与博大为前提的。但从表面上看，是湖面上起风了，阳光黯淡了许多。成群的白鹭从上空飞过，四周似乎还掺杂着野鸭子的叫声。我极有可能就是在这种情形下醒来的……

后来，我返身向一座小镇走去。一代抗日名将彭雪枫就长眠于此。据说当时是一个"哑巴"乘一个月黑风高之夜，将彭将军的尸骨藏匿于一条破旧的渔船上的，从而躲过了敌人的疯狂搜寻；我还听说那条船泊于湖岸上整整三年，而那位"哑巴"也在此守望了三年！守望是无须任何言语的，历史有时也会被沉默所置换。由此我想，那位"哑巴"仅

仅是在守望着彭将军的尸骨吗？他会不会还在守望着眼前那浩渺的湖水呢？也许，每个人都在守望着什么。这么多年来，我在人生的疆场上左冲右突，却无暇再去洪泽湖，这似乎成为我心中的隐痛。好在我所居住的小城与那片湖水相距并不遥远。从地理上讲，我仍然处在湖畔。更何况那最后一次的行走，已使我的心灵获得了前所未有的澄明与辽阔。因此，我常常伫立窗前，对那湖泊做一次深情守望；我想我的守望不是对历史的修补，而是对某种事物的深刻怀想。

红　　枣

红枣是乡间最常见的果实。它如今已隐匿在一个人的记忆深处。如果我沿着记忆走向童年，它肯定首先会映入我的眼帘。因为它太贫贱了，它只能躺在农人们破旧的箩筐或藤篮里，在并不十分喧闹的街头等待售出。它们的色泽虽然鲜艳，但在阳光持久的照射下，特别是在农人们忧郁的目光笼罩下，却日渐晦暗下去。因为无人问津，因此它们最后的命运就可想而知了。这是我在少年时代经常目睹的一幕。红枣的命运似乎就是大地的缩影，它似乎让我们看到了人的情感和乡间习俗的变迁。如今，你已经知道，红枣在城市的超市里正在肆意地演绎着我们生活的流程。

但我仍愿意把目光投向乡村。那是红枣的故乡。它也是我少年时代最为生动的部分。这就意味着时光已经倒流，背景是一个秋风劲吹的季节。茂密的枣树林把那些阴暗的屋脊变成零星的岛屿了。红枣在树上燃烧着，而人们的表情木然，就连破败的村庄也与它们形成了鲜明的对照。似乎只有孩子们才将它们从树上摘下来品尝。它酸甜、清脆，但大

人们告诫我们，"不要吃太多……"这其中的缘由我们大致知晓，但饥饿怎能够束缚一个还没有多少理智的孩子呢？于是红枣成为我们身体的大敌。这是一种奇怪的事情。那么是谁植下这大片的枣林？难道仅仅是让它们终日悬挂枝头？然后让它们自行坠落、腐烂，最后化为泥土吗？

我想起了一个叫做红枣的女孩。这也是我最愿意回忆红枣的原因之一。她的脸庞总是红扑扑的，的确就像树上的红枣。我们常常在一起刈草、放牛。有时我们在一起用枣核做一种叫做"拾砂礓"的游戏。童年的游戏是成年人相爱的前奏。那种相恋的气息已穿越时空，它来到我面前的时候，往事竟是如此的生动和逼真。有一年秋天，正是红枣堆满枝头的时节。那一年我好像已经十六岁了，我似乎已经懂得了什么叫做爱情。红枣，一个质朴、温柔的乡村女孩，已经悄然走进了我的心灵之中。有一天我和红枣在田间劳动，我竟傻乎乎地问她，红枣，你为什么要叫红枣呢？红枣摇着头说，我也不知道啊。而我似乎已从她的眼睛里捕捉到一丝情爱和羞涩相互交织的东西。

那天的劳动是愉快的。分手时，我们竟有一些依依不舍。当天夜里，天空突然阴云密布。没有多久，大雨就倾盆而下了。我在睡梦中都听到了红枣"啪啪"坠落的声音。第二天早上，红枣和还没有完全枯黄的叶片铺满了一地。红枣色泽鲜丽、晶莹透亮，躺在那儿既安详又惨烈。我来到它们中间，感到自己仿佛成了战争过后的幸存者。一种从未体验过的悲情涌上了心头。我想起了女孩红枣。就在这时，我看到她在一簇树丛中出现，然后她神情悒郁地向我走来，一种不祥的预感立刻涌上了我的心头……很多年之后，我在阅读《红楼梦》中的"葬花词"时，深深地感到林黛玉的那种情爱被埋葬的巨大隐痛。

雨水缠绕的爱

　　我喜欢在你的臂弯处沉思默想。那是一株睡莲在风中摇曳所残留的阴影，或者是遗落地上的一瓣残花的叹息——你当然是从时光流逝的声音中辨别出来的。那时阳光裹挟着暖风快速掠过树梢；那时你呈现的笑容足以支付我赋予大地的热情。我想我已经能够感觉到你内心里一种温暖气息的流动了。夏季到来了。阳光更猛烈地向北移行——那条忠诚的黑犬的眼睛里绝望的情绪则愈来愈浓。我轻快地跨过门槛，它散乱的目光在被我的衣袂旋起的风声中更加散乱。按照计划，我应该取出相册，寻找你往日的容颜。这可能是我走向过去的唯一途径。一阵风在时间的甬道里吹着口哨，一群男孩吵吵嚷嚷涌向球场。我想你可能早已适应了那些万籁俱寂的日子。读书，冥想，写作，闲暇时带着孩子外出散步。你在孩子的欢叫声中流泪了。莫名的感动源自你对万物的敏感和伤怀。有时，你也很想孤单地在草地上躺一会儿，让心灵进入一种更纯粹的幽冥状态。那时你的思绪是一缕白云，是星空的寂静，是蝴蝶的浅吟低唱……然后，你的内心里有了某种萌动，某种向往。

　　幸福的远行！这是你一度消失的意念又重新出现。为什么在贫困的乡村仍然有美丽的风景？为什么一次眺望就使你想起故乡的鸟巢和炊烟？其实，后来的一次骑车远行只在郊外就终止了。我一直感到困惑。城市在推涌着你，但你在城市的边缘又折回了它的怀抱。这有点儿类似于我在你的身旁走动或回望。夏季就要过去了，城市的容颜一天天在改变，大街上旋起的落叶仿佛让世界找不到归宿。有一条红裙子很招摇地悬挂在一座楼房的阳台上。它真是某种爱情演绎的最终结局——它暗淡得略显悲伤的色调就像渐渐熄灭的火焰。现在，连你的心情都好像被贱卖了。人们走出商店，笑容就突然僵在脸上。但那时你在一家叫做"千百美"的超市里，对满架的物品左挑右拣。有时你又用一种不屑的

眼神从那货架上一掠而过，好像显示你在世俗生活中游刃有余的模样。我知道那时的整个世界在你的内心里是暧昧的，我还知道你惦念的事物正是你为之恐惧的；你有时真的很羡慕那些无所事事的人。比如，在街上漫步溜达的人，在公园里打瞌睡的人。不过，你从来也没有真正地想把时间大量地挥霍掉，以求得一种世俗的快感。

很多年前，我在本城的一个名胜之处和一个女孩子合影，我就发现了你嘲讽的目光隔着千山万水向我飘来。可以这样说，是你的目光挽救了我。几乎是在一夜之间，我醒悟了世间的许多道理。然而，在那时我仍然是一个时尚的先行者。所谓时尚，在你的世界里就是向前迈一小步，然后大步地往回走，然后你就看到了一株令人怀念的植物。它灰暗，坚硬，具有古典的睡眠形态。哦，你是在一个雨夜里倾听到岁月的回声的吧。雨水在芭蕉叶上轻快地滑落，一个打红伞的女孩并没有我们所想象的那么多的幽怨。她一转身就在街角处不见了。今夜，我们梦中的闪光物是一株睡莲，是雨水缠绕的爱。它们温情地开始，又很伤感地结束。难道不是吗？

海 之 旅

那天，我们的身影出现在北方的海岸线上；那天，北方的大海睁开它明亮的眼睛。它静静地注视着我们——两个带着风尘和内陆气息的陌生者。其实，是我们的目光，从黄土堆积的陆地上向它铺展而来。它深邃、宁静并且充满蛊惑的蔚蓝，猛然使我们的目光荡漾，飘摇，然后支离破碎——我们从前先验的印象不再完整和真实。我们宁愿相信眼前的大海，相信它的壮阔，它的渺茫和它的细微的呼吸。我们同时也听到

了，它被风推涌着从远方而来。带着从容不迫的足音，带着古老的咸腥的呓语。它已经告诉了礁石、沙砺、船舷、藻类以及不知名的骸骨。大海，以时间为赌注，它把一些粗糙的事物磨得光滑、明亮，然后又交给时间，用泥土，用珊瑚覆盖，因此，我们很难倾听到远古大海的叹息。

那天，我赤足走在海滩上，也许我并不仅仅是为了猎奇，为了体验它的冰凉，而我宁愿被它吞噬——那是我的脚踝，深陷于海水的黑暗之中；通过我的肌肤，把大海的秘密传递给我，让我看见鱼类的舞蹈、争斗、虚拟的内心的曲线，也让我看见遥远的海盆的错动，移位，像风暴的弥漫，像我蒙尘的文字——其实，我所有的感知已被海水濡湿，穿透，我内心的想象物已不知去向，大海覆盖了一切。它把空气、云朵、船舶甚至人心都浮在了现实的表面。我只能短暂地停留在海水之中，算是一次朝圣、皈依。然而，我终究要向泥土回归，这个强有力的惯性，是我熟视无睹的城市、乡村，它们已不会留有大海的标记，它们只能是一些大海的弃儿，它们失去了自然的纯朴、野性，人更易被它们诱惑，并迷失其中。因此，我的远行，我对大海的投奔，既是壮举又是一种微不足道的姿态而已。

那天，我们所有的话语已被海水充盈。无语的大海与我们的言辞交融，呈现了人与自然的意义，人就可以使大海孕育港口、航标灯、船只。人就成为大海的一部分，大海也就具有灵魂、人性，我们歌吟、流泪、在温柔的月光里怀想，无不被海水漫溢、浸润，仿佛在梦中眺望，在历史与现实交叉的小径上徘徊、漫步。强劲的海风打开我们心灵的窗扉，我们写下的诗篇是时间彼岸的永恒，是北方大海的壮阔、喧腾而又近乎于凝脂的透明、沉静。哦，那天，我对大海的祈拜、遐想已在海风中消逝，而旧日的景象重新在我心中升腾，那是原野、树木、城墙，以及在岁月中闪光的苔痕……

街　　道

　　街道是城市中敞开的温热胸襟。一个城市的投影可能被诠释为电话亭、公交车、商店、下水道，亦可能被喻为一个人的容颜、筋骨和呼吸，但这其中最为凸现的便是街道。"我穿过城市秘密的河流……"在诗人们的笔下，街道是秘密的，我们能够看到的仅仅是街道外在的部分。一个在街口修理自行车的老人，一个在人行道上缓缓推着婴儿车的少妇，一个在店门前专心致志看晚报的男子，甚至一条很健壮的德国牧羊犬傲慢而又从容地穿过街道（它丝毫不理会已向它驶来的汽车）……如此安详、平和的市井画面，可能隐藏着人间世道的全部秘史。

　　看来，季节的秘密吻痕在泛着白光的街道上几乎随处可见。通过行人的神情和服饰、从热气球上或从高大建筑物上垂挂下来的条幅广告、喧嚷而又热气腾腾的市声、橱窗里真假莫辨的模特沉默的表情。它们既指出了世态的冷暖，又描绘出了一个人生活着的意义。斑马线，以一种清晰的线条指出了一个社会必须遵守的规则，同时也暗含了人的道德尺度。必须指出的是，在城市的安全岛上，有高大的梧桐、棕榈、水杉等树木遮蔽着我们。我们内心的安宁，可能会不再遭受世俗生活的冲击。然而，我们只能短暂地在那上面栖息、逗留，或调整我们对尘世眺望的姿态，但瞬息万变的街道有时会俘获我们的一切。

　　在夜晚，霓虹灯巨大的幻影会使街道游移而脱离我们对生活原有的指认——这种涉及人世的浮华与错位就像眼前突然出现的迷雾，我们似乎只有回到一种哀怨的情境之中……一个城市为什么会使街道肆意向前延伸？为什么星光下的街道离我们的梦境如此遥远？一个早晨在阳台上浇花的女子，有可能会向街上投去随意的一瞥，而一个晚上在街上散步的男人极可能会理顺他明天的人生思路。这是坚硬的路面通过他的双脚叩击出来的理性回声。而他的种种思虑、想法在布满光影的路面上，

似乎留下了伸手可触的痕迹……其实街道更突出季节的审美趣味。一方面是风和浓阴在路面上的相互纠缠，另一方面是一个穿文化衫的女孩的笑语，给街道带来了更温暖更明快的色调。奥顿在《怀念叶芝》一诗中说："大地啊，请接纳一个尊贵的客人……"瞧，他向我们走来了，不，他向着一个世界走来了。以他的思想、眼睛、手势及他的形体，勾勒出了一个城市的品质和灵魂。

小　巷

小巷中隐藏的青苔，在阳光轻松怡然的背后昭示着日月的皱痕。瓦楞里过于招摇的茅草，用整个秋天回忆它们的黄金时代。小巷太幽深了。一个个深宅大院就像散落在天上的星群。它们紧闭的门扉又像历史上一个早已被湮灭的掌故。秋风使劲地拍打着门环，有时是夜露在门环上滴落的声音。在一个较大的画面上，小巷有时显示出一种历史与现实的扭曲和错位。它们深部的疼痛感表现在老人紧皱的眉宇里，或一声艰难的呼吸，甚至是早上挑水人晃动的背影……小巷把民俗、婚姻、鸟巢甚至历史上一次有名的谋杀案，统统都给掩埋了。你在一家已经腐朽的门楣上能够听到当年凄厉的喊叫声，要不你就将目光移向那已经褪了色的春联上。当年的"喊叫"似乎已关系到民居的布局和小巷的走向了。一些人家本来就具有民族存亡的证据，而另一些人家则在代代相传的典籍中消失。

当另一个秋风渐起，我们原先熟识的人也都消失了。在城市的褶皱中，原先的纷争、怀恨的目光、耀眼的迷雾也都消失了。一缕霞光徘徊在小巷口的一道斜坡上，一群上学的孩子，作为时代的镜子使老人们的记忆发生了紊乱。他们怀中的经卷犹如某个日月发霉的影子。不是对过

去的刻意怀念，而是生与死的置换或重临……小巷深处的钟声、墙头上坠落的瓦片、天井里向日葵的歌声都一再证明：历史上的某个部位的变迁，在一个早上得到了最充分的展示，这个早上就是巷口一棵老榆树上鸟儿不停的鸣叫，就是明亮亮的青石板路上民居和炊烟的倒影，就是粉墙上一段隐隐约约的疤痕、标语……人们习惯在早上走出小巷（以各种谋生的方式），晚上又深深地迷失在小巷的梦境之中。

我看到一家桐油漆过的大门重现了某段历史的景象（门前有一对青石狮子）。紫燕衔泥，儿孙绕膝，老人的胡须在烟雾中闪现，案板上摆放着喜庆的铜盆、陶罐，肉香飘过屋檐下的台阶、回廊，还飘过一只鸟笼里一双不安分的眼睛（一只鹦鹉），紧接着就是大红灯笼、一袭花轿、丝绸伞盖、熙攘的身穿长袍马褂的人群……小巷在那一刻回荡着明清时代的唢呐声。然而，门扉上的隐约凹痕，似乎也让我听到了旧时代的枪声。血肉纷飞，房梁上悬挂的马灯却总是我眼中凄风苦雨的画面。我们民族里有一种苦难的东西就隐匿在小巷深处。用青砖和泥浆垒成的宅基有时就是我们文字中异常沉重的叹息。只要回转身，那伴随着呜咽的残存烛火的摇曳，那还在熊熊燃烧的民居的废墟，那在晦暗的苍穹下向四处奔逃的人群……所有能够给我们带来隐痛的景象，也许都会与我们不期而遇。小巷，一个人喃喃细语中的回忆与插曲；一个人某种精神的回应与对照。

客　厅

外面的狂风使女主人的梦魇颠簸不停。客厅里的钟摆指向了一个虚拟的时间。可能是下午两点，厚重的紫绒色落地窗帘被狂风撕开了一

角，铝合金窗框里的天空呈现出一种奇怪的三角形嘴脸，它是恍惚的、躲闪的，带着尘世未了的小小遗愿。墙壁上的一幅山水画与女主人侧卧而眠的睡姿有一种恰到好处的观照。而山水画透出的古朴之意是委婉的、带着人对现代生活的怅惘与屈意遵从。应该说，客厅里有些零乱。沙发上的藤质垫圈此时已滑落到地板上，地板上有一个画像框、几块积木、一只变形金刚、一个法国女孩模样的布娃娃、一张乐谱、一瓶似乎很名贵的香水……有许多事情我们是不便猜测的。生活中发生的恩恩怨怨，往往扑朔迷离。比如，我们所能想象的客厅里发生的事情。

现在已是下午四点，女主人已经醒来，仿佛伴随她醒来的还有客厅里渐渐明亮的光线（那光线中晃动着她婀娜的身影）外面的风已减弱了许多。女主人的长裙华丽、飘逸，确定着客厅的色彩、结构，在音乐中沉默的茶几（她打开琴盖，弹奏着一首施特劳斯的圆舞曲），而音乐则超越了客厅的界域……这一情景逐渐被剧院、沙滩上的太阳伞、山坡上一块绿茵茵的草地所取代，模糊的是时空背景，是山环水绕的一个国家、政治的外衣、铁栅栏上缠绕的牵牛花，这包括一个人的情感经历，他对客厅的短暂追忆和眺望，还有连接后花园的秘密通道，厨房里男人的手艺（他曾在一次沙龙聚会中一试身手）……所有这一切决定着女主人对这一段乐曲的理解和把握，甚至客厅里的一种奇怪的氛围。女主人在二十分钟之后停止了弹奏。这是因为她的手指在某一时刻感受到了一种风的吹拂，透着沁人的凉意，好像墙壁上的阳光散淡的折射，并且暗含着一种高山流水的深远意蕴。

她想到了她的丈夫，一个整日沉湎于幻想的男人。此时他正在远行（他认为远行能够消除他对现实的恐惧）。对了，男人还说要背着客厅行走四方——她曾暗暗窃笑，但她后来还是明白了，那是一种精神的隐喻。不过，男人的妄语几乎就是一种可怕的谶言。她感到了客厅的虚无、空旷，甚至有一股对她胁迫的力量。于是她开始歇斯底里地喊叫，客厅里的零乱就是她的"杰作"。后来，她在沙发上沉沉睡去。窗外的风声有些像她丈夫的呼喊，又有些像海上愤怒的礁石（她看到那些礁石争先恐后向她涌来）……当她醒来，可能是整个世界都醒来了（包括母

101

性的柔情，她其实还没有孩子）。我们看到了客厅的另一层意义，对家的进一步强化与升华；对爱情的补充、庇护（通过女主人的眼睛）。若干年之后，又一个狂风大作的午后，那个流浪归来的男人却再也找不到他的家、他的客厅了……

祖　　母

其实，我并没有见过我的祖母。我所看到的只是我的继祖母。由于人类血缘纽带的作祟，我对继祖母的淡漠或偏见，在我身上也同样是根深蒂固；我曾为此请求继祖母她老人家在天之灵的原谅，但我总是逃脱不了虚伪、假意的嫌疑；同样，我在回忆她生前的音容时，却总是将她与我并不曾相见的生祖母合二为一。有时，由于记忆的错位，我的生祖母集天下所有老妇人的容貌，并且仿佛是那样真实地为我所见；这样的认定，一方面为忽略、冷淡继祖母而深感不安，另一方面却心安理得地乐于接受这样的"事实"。

我已经看到一个年迈的老妇人向我走来了。我的祖母拄着拐杖，她用一根木棒支撑着呼啦啦将倾的生命天空，另一方面在我幻想的时空隧道里叩击着我将要淤积的心灵。她的腰已经不能伸直，生活的重压既使她屈从于命运的摆布，又使她看到了命运一副残酷、狰狞的面孔，但我仍然能够听到从遥远的时空里传来的"咚咚"的响声；她差不多让我看到了宅院里青石板路上滴落的汗水、肥硕的庄稼叶片上沾染着的她身体的气息……年代久远的阳光在刹那间向我掠扫过来。祖母的吆喝、笑语、愤怒，原先是那么遥远、幽暗，而现在却以具体、真实的形态让人触摸或感觉。它们的确呈

现在明亮的阳光之中。

那是一个秋天？牙齿已经脱落的祖母张大着空洞的嘴巴，与她怀中拥抱着的谷物形成了鲜明而又荒诞的映照。她似乎对已有的生活相当的满足，但她风烛残年的人生却恰恰是她的生活所致。这种讽喻的意味如今却是那样强烈地在我心中弥漫着，但愿我的哀怜只是乡村傍晚的微风，它掠过的地方只是墓冢上的荒草，而不是祖母安眠的亡灵。哦，我的祖母！其实她蹒跚的身影就是井台边沿上的凹痕、河边的捶衣石、马厩里残破的马灯、被手指反复摩挲的门环、铜锁……祖辈们的劳作、对农事和家园的热爱，此时就是我祖母一个人的所为。

历史的追光灯总是追随着她。我的"看见"其实就是时光的剥离、消退，就是已经倾圮的时空的复原。风中的茅屋、月光下的灶台、消失在幸福与苦难纠结之中的粗布青衫、盛满稀粥的青瓷大碗、回荡着前世祈愿的香炉、夫妻间的举案齐眉……祖母曾经有过的世俗生活、她的少女时代的装束、短暂的青春的回响……我一直认为这都是现世的。祖母没有死，没有与我相隔着两个世界。假如，唉！为什么要假如呢？

我站在乡村的土路边上，等待、眺望，祖母乘坐的花轿早已走过。岁月的车轮所激起的尘埃还在空中飘散？这虚幻的场景原来就是现实的存在？！我的确从乡村的土路上走过，童年的乡村用迷幻、鲜嫩的树叶遮蔽着我，我在潮湿的林荫里奔跑。我总感到在追赶着什么，是童年的欢乐？是祖母飘忽的身影？而祖母旧时的婚姻是否是我如今为此迷恋的根源？童年乡村的天空骤然昏暗。雨水穿过祖母空洞的嘴巴，像穿过幽深的死亡。笨重的牛车、油漆剥落的供桌，暗示着家道没落的倾斜的房梁、在闪电中蜷缩着的乡村的背影，仿佛一夜之间，全都是祖母命运的缩影。

第四辑

另一种眺望

草　垛

　　麦田里的草垛离我很遥远。我看不到它们。它们远远地躲离着世人的目光，像一个胆小、害羞的小姑娘从邻家的门前走过——她过于幽闭的心灵，有时会被世界的目光打开一个小小的窗口。我窥见的草垛像一粒沙子沉潜于我的心底。它有许多不确定的因素，除了遥远，它还扩散着一种泥土和年代久远的腐殖物的气息。还有，它置于阳光下的姿态和心情。让人揣摩和猜测着——这世态中的冷暖、关系以及情感的深浅，女孩子薄嘴唇上的笑意、痛苦和爱恋的表达……

　　我想起了一幅油画上的草垛。米勒的内心里一个难以消弭的草垛。它四周簇拥着的使大地更加灰暗的彩釉，而它的金黄色则充满着人类的好心情和流光溢彩的话语，就像阳光的进入，驱散一个早上的迷雾，或一个人对往事的排遣，非常时期的雪，高山巅上的气流，所有河流上的闪光，所有门扉打开的瞬间，我在十年前堆积的麦秸……我躺在那上面，阳光里的绿意从四周弥漫上来，空气里呛人的烟火味道从从前的某个乡村飘过来……打谷场的夜晚，头枕着星光暗淡的梦魇，牛棚在池塘边留下安静的倒影。成排的杨树在屋后的阴影里轻声喧哗。蚊虫们不知道草垛的上空有多么宽阔、干净。一条黄牛反刍着的声音使同伴们多么安详！

　　柴门轻轻地打开，忘情的风的使者，在桃园的上空停下来。五月的夜晚顺着桃树上升，让人闻到白昼的香气，隐约的婚姻的香气，隔着草

垛或篱墙的不声不响的等待，低着脑袋，回忆昨天大气不敢出的中午的寂静……

五月的夜晚其实很单纯，石头缝里密集的露珠，爬满青藤的小屋里的灯光，农人的肩膀上凸起的僵硬的老茧，睡眠中响起的池塘里的蛙鸣……所有这些构成了爱与沉默，倾诉与关怀；构成了我内心的慌乱或眼睛里一览无余的童年的心路历程。

古 典 情 境

古老的飞檐对天空的眺望，似乎在一个人的遐思中已经结束了。萧瑟的秋风穿过庭院，带来一个家族哀婉的余音。那枚落叶在青石台阶上飞旋着，但是在我们的记忆中却已被定格。青灯黄卷，水仙的暗影犹如它自身的梦境。夜晚的绸布正密密地覆盖着一个小镇的寂静。经年的阅读，就是为了重温一团渔火的旧梦？把琴声交给流水吧。把失落的脂粉交给来年的桃花吧。笙歌阵阵，在夜色缭绕的祭台前重点一炷香火。一袭青衣遮住的毕竟是旧时代的画舫，而你面对的是河面上血与火的证词。为什么鸟儿衔着昨夜的丝帕已飞离亭台？为什么门前的石碑上写下的是谎言而不是昔日的盟约？那个晚祷的人已经远去了。秉烛夜行的人，老远就听到了河水拍岸的声音。一场薄雾已缓缓升起。一匹来历不明的红马出现在小镇的码头上。一条秘密的路径，在一个女人单薄的身影中显露出来，宛如秋虫的鸣唱中飘落的一缕霞晖。纤道悠悠，就是为了昭示人间的绵绵爱恨？红尘滚滚，歌女的一掬清泪，又怎能抵消你的万古情仇？

弹一曲古筝吧，香殒子夜的伊人还在回望前世？秋去冬来，在瓦片

107

中存留的是泣血的雁鸣？在经卷中打开的是大漠里的浩荡雄风？那个一夜成名的诗人把他的梦丢在长河落日里了。还有谁能够推开那道城门呢？时光飞逝，红袖添香的青楼早已在他孤雁飞绝的言辞中坍塌了。明月清辉，水榭残影。你还在香茗映照的画屏前焚琴煮鹤吗？旧梦屐痕，心中堆积的烛泪不堪一击。这个夜晚只宜凭窗远眺。这个夜晚的苍穹则愈升愈高。请携带着一种淳朴的民风进入梦乡吧。期待是一服毒药，怀想更是迷人的陷阱。明天，那个古老的飞檐就要在一场神秘的大火中焚毁。是谁，在一个渐渐展开的历史情境中，引领着你走上人生的返乡之路呢？又是谁，于子夜时焚稿断痴情，意欲在生与死之间了断人间恩怨呢？

春风掠过一个人的眼睛

　　春风掠过一个人的眼睛，在另一个坡度上坠落，形成丛林后面温暖的湖泊。就像他的胸腔，蓄着干净、透明的火焰。那个人眼睛里浩大的春风看上去多么虚弱，只要一转身，是那种华丽的、超越梦魇与谎言的转身，它就会隐匿，在行驶的车辆的后面忍气吞声，而此时正适逢节日，鼓声与彩旗隐盖着一个下午的烦闷、屋顶上一只白鸽不安地走动。树的根部有新鲜的枝条掠过窗前的湿地，恰好印证他不事张扬的心境、脸上柔和而又暗淡的光线。在门前，二十世纪的蜜蜂还在萦绕不绝，有些人的话语暗藏着机锋，让另一些人不在意，不去思索。他们坐在门前的石头上，屁股下的凉意呈现着一个季节的快速流动、一枚树叶色彩的美妙转换，有时就是作为大背景的天空上的一朵白云的出现和消失……

　　你不会想到一个人的眼睛里有寒流，有奔涌的海水，当然也有被模拟的大地的处女，就像晨曦一般具有美意的丝绸、小女孩头上沉静的羊

角辫。在树上，鸟雀之间的呼唤、嬉戏，或者跳跃在明暗对比的光线中，真的就成为我们人间生活的缩影或写照。有人看到遥远的春天，在灰暗的瞳仁里，在马匹夜以继日的嘶鸣中。一枚树叶的笑语近似于天上人间的传奇或喧哗。一枚松核所能抵达的地方，其实就是清风止息的枕巾上。不要惦念着泪水的重量，不要让月光消失在树皮包裹的言辞中。蝴蝶的轻信，其实就是阳光和油菜花的相互背离或抵消。人们走过暗房，心也被摄入胶片上了。回忆就像水中尾随的敌人，而那些红鱼和蓝藻彼此设防，在往事中诱敌深入，在干涸的年代里举杯相庆。

哦，在死亡中上升的水汽，在被模拟的时光中顺流而下的木排，人们的心情近似于两岸的泥土、被风化的岩石。有人则指出了河流流向的诡异，远处的阳光虚弱的闪烁。就像风中渐渐消散的鸽群。我们听到的鸣叫，有时就是星辰的呓语和一匹马在纸上荡起的声音。尘埃中的向日葵逐渐呈现出模糊的微笑。一如我在高架桥的转弯处看到的腐殖物的微笑。而秋天的午后，有一条路是直通家园的。那是河流上空光裸的雁群。近似于我记忆中一枚落叶的飘飞。我看见逼人的气流横穿梦境，落叶的左侧红光闪闪，树林右侧的天空向低处垂悬。池塘里纵横着天空的倒影，有着季节标志的石头，支撑着一个世界的意志。从此隐匿着我们的怀想、走动及衣衫上漂亮的饰物。

另一种眺望

谁都可以将过去忘怀。甜蜜的、伤感的过去，就在你的背影中堆积着、充盈着。你的过去无疑是一条河流，跟随着你的生命永无止境地向前涌动。浪花连着浪花。有时则是宁静的，那上面闪烁着奇诡

的、不为人所知的光芒。你的过去在别人的记忆中，完全可能一闪即逝，但是它却不会从你的生命中消失。过去的奋争、欢悦、叹息——我想它们会随时在你的眼前重现。就像云中的太阳——从前的那一缕微光早已穿透了岁月的重重帷幕。你在不经意中就把记忆之门打开了。那个过去的你，完整而又零乱。你面对他，就是面对一种不安或欣慰；你也可以怀疑他，甚至否认他。他高尚或猥琐，那只是他已逝去的人生。岁月已经封存了他，他已成为时间的标本。我频频回首，或是偶尔驻足回望，也许仅是一种姿态而已。他与我还有什么关系呢？我觉得你可以这么想，忘却过去，也许并不意味着什么。只是你的人生将会出现空白，但人生却没有空白。那条曾经在你的生命中涌动的河流，难道在今天已无迹可循？！

有一年春天。一个相当美好的夜晚，我一个人走出家门，并执意地向着夜晚的深处走去。因为被夜色浸润或沐浴，我的身心获得了无与伦比的沉静。我感到浓密而又清凉的夜色已隐去了我的身躯。它像水流一样推涌着我，使我的心灵徐缓地飘向过去。我就是在一个万籁俱寂的春夜，与过去的自己相遇了。相遇是人生的插曲，是逝去的欢乐和忧伤的重现。它短暂而又漫长。人在追忆中重塑了自我。我发现了那个遥远的自我，永远在人生的路上奔走着。他酷爱艺术，他用文字编织着人类的良知和幸福；我想他所有的梦想都无不浸透着人类最普遍的情愫，因为他来自人民和大地。时至今日，我仍然能够看到他从大地上走来的身影。他的身影可能是黎明。一个温暖的、霞光密布的黎明。因为他永远处在人生的起跑线上。过去的是相对的，只要他还活着，那么他只有开始而没有结束。从这个意义上讲，人生的确是一条永不间断的河流。那个过去的他就是我吗？我回望过去，也许就是为了更好地眺望未来。

剧　　终

　　忽然想到了这个词儿，是因为它的内涵实在丰富。一部影片剧终了，一种生活剧终了，人生剧终了，甚至宇宙也有它剧终的时候。剧终，意味着结束和消亡。它留给人们既有美好和欣慰的过去，又有忧伤和恐惧的回忆。人去楼空，天老地荒。逝去的事物如空中的花朵，既真实又缥缈。人们抚摸昨天，总觉得今天自己的鸟巢坚实、温暖。山还是那座山，水还是那片水，但时间携着日月星辰，冷着面孔，不由你分说，总是风驰电掣而去。你疼痛、叹息，或者无知无觉，那只是你自己的事情。人类多么善于欺骗自己，唱着《欢乐就在今宵》，以为故土依旧，以为乡音未改容颜依旧。殊不知，冷面杀手的时间已为你多次谢幕；它的每次剧终都意味着让你失去一些什么，或者让你逼近令人惆怅的、人生的黄昏。

　　子在川上曰：逝者如斯夫。我们的孔先生真不愧为人类中的佼佼者。他在两千多年前就是那么清醒。他目光锐利，灵魂撞击着虚空，火花四溅。他的思想之箭直入时间的心脏。时间在那一刻退却了，溃败了，因为我们看到作为预言家的孔子，已屹立在时间的峰巅。据我理解，孔先生的人生没有剧终；肉体的孔先生早已灰飞烟灭，但作为灵魂的孔先生却一直存在着。他的精神之剧仍盛演不衰。的确，孔先生是时间的大赢家。

　　只是可惜，中国历来是以"束修"、"内敛"作为做人行事的准则。遥想当年，孔先生周游列国，为推行他的"新政"而屡遭讥讽、诘难。我不知道在他生命剧终的时候，当时的鲁国和黎民百姓是否为之悲痛欲绝？是否为怀念他而举行隆重的葬礼？一个杰出的生命带着某种遗憾，竟毫无声息地消失在时间的风尘之中。我不知道这是不是那个时代的悲哀？好在国人很快幡然醒悟，当若干年之后董仲舒把他捧为"圣

111

人"的时候，我以为孔先生已近乎为神了。

神当然远离我们的生活。中国人大多没有信教的习惯，中国人只相信现实，只相信箭镞、长矛和枪杆子。陈胜、吴广、李自成和洪秀全等都是例证。改天换地，城头变幻大王旗。我们的孔先生在历史的长河中忽隐忽现，一会儿是神，一会儿是人；他在双重的时空中行走着，扮演着两种角色，真难为他老人家了。幸运的是，我们今天看到的孔先生，大约是他的真正面目。那就是：学者和教育家。

近日，某电视台重播电视剧《水浒传》。这部古典名著虽然我早已读过，但我还是坚持把该剧从头到尾地看完。当屏幕上出现"剧终"这两个仿宋汉字的时候，我关掉了电视机，顿时陷入了一片黑暗之中。那天妻女都不在家，室内异常寂静。虽被夜色重重包围，但我心潮仍然难平。我想，英雄们已经退场，历史也一次又一次地谢幕。时间之箭携我"嗖嗖"而去，我似乎看到自己作为生命终结的帷幕，已经缓缓地降落了。

人生的剧终并不可怕。可怕的是我们留给这个世界的是空白与黑洞。

倾听河流

谁都承认，我们的世界是由各种各样的声音组成的。那些给我们带来慰藉和痛苦的声音，缠绕着我们，直到我们的生命随风而逝。很久以来，我都被一种声音缠绕着。它们尖锐或潺缓，在我人生的时空里缓缓回旋，然后沉淀。那就是我记忆中的童年河流。它处女般的圣洁泽被万物。日出日落，我人生的梦想在一簇簇浪尖上跳跃。长大了，它将我带往远方，我

在一座城市里安身立命。城市的喧嚣犹如漫天烟尘，蒙尘的心灵注定让人感到时事的苍凉和凝重。往日的水波和渔火只能作为一幅画，被我悬置在室内的墙壁上。日日举目凝视，它们因为失去了大地的润泽而黯然无光。我面对它们，无疑就是对自己童年无声的凭吊。我恍然感到，我血管里血液流动的声音渐渐消弭，这有如被忧伤绷断的琴弦。人类的心志已被各种贪婪和欲望吞噬得面目全非，我们既麻木又迷惘。

让我们回首童年吧。我听到了一种声音，遥远，但很逼真。它带来了时间深处的湿润和清纯，还有飞鸟和帆船。有很长一段时间，我被它莫名地激动和迷恋着。当我明白过来的时候，我总是有些怅然若失。人无法走进一种蜃景，当然也难以重返时间的源头。我离开故乡的河流的确已经很久了，那条稻香弥漫和芳草簇拥的河流，本应该是我人生的流程，但却被谁遮蔽和阻隔？也许，我们终究会在一个早上幡然醒来，因为窗外的清风和鸟鸣已经在回荡。远方的河流在涌动，它在撕扯着我们疼痛的昨天。清澈的阳光漫过头顶，伸手可触的绿叶摇曳着母亲的呢喃。我们需要并且渴盼倾听。

今年因参加一个文学笔会，我来到了淮河岸边。我曾经专程为它而去。它无疑是我记忆中一个博大而又深远的背影。人的情感有时就是奇怪，你可以萍踪四方，或者远离亲友，却唯独难以割舍下河流。那天晚上，天特别冷，许多人都上舞厅里"消闲"去了，我却和朋友们匆匆走出宾馆。那晚没有月光，淮河其实是看不见的。五六个为淮河而来的年轻人在岸边徜徉。夜静寂无比，河水在星光下若隐若现。千百年来终日不息的淮河，此刻仿佛安然睡去。我们默默无语。好久，才有人问大伙在想什么。我说我在倾听。我在倾听淮河昨日的足音；我在倾听淮河今夜的叹息和悲泣！一时间，大伙都沉默了。我们在沉默中缓缓移动双脚，远处的歌声不时地飘来，那歌声缠绵而又透出几分做作。现在，许多人都把良知交给那廉价的欢乐了。

人类需要倾听。我期待着倾听到来自河流内部的歌声，它们有如天籁一般美妙与质朴。我愿意与它们一起歌唱，歌唱人类心灵的纯美，犹如歌唱水仙的晶洁。那是我永远的梦想。

记忆的链条

你能记得童年里槐树花布满河岸的情景吗？有些事物必须通过回忆，来完成它的圆润和深刻，甚至一种真实的幻想。二十年前，我肯定将白雪的气息和一簇槐树花混为一体了。因此，在许多年里，我一进入冬天，就有些惴惴不安，或者迷离惶惑。我自知有一些事物，包括声音、气味和思想，完全来自于我本人，但我仍免不了要四下里张望。比如说，有一次我在河边歌唱，我看到三五只黑鸟在我四周盘旋，我就想，难道是我骚扰它们了吗，我索性停止歌唱，但它们并不离去。我又想，也许它们是来向我传递某种信息的吧。

我永远记得二十年前的冬天。我一个人在雪地上行走。我并没有孤独的感觉，我那时还不懂得什么叫做孤独。我穿过乡村的打谷场、牛棚，以及光秃秃的槐树林。背后留下的一串深深浅浅的脚印，似乎在验证着我那时某种难以描述的心绪。我在高高的河堤上举目四望。其实，四周除了一片苍茫，我什么也没有看到。我之所以难忘那个冬天，也许就是那片苍茫完全淹没了我的心灵。我不知道这算不算一种伤害，反正在其他的季节里，我就显得有些愚钝和麻木。尤其是在春天，我对采摘槐花这类既实惠又浪漫的事情，竟然失去了热情。为此我曾惹得一位邻居的女孩掩面哭泣。她几次约我采摘槐花，都被我断然拒绝。尽管后来我和她曾经坠入爱河，但我对那件事一直躲躲闪闪，羞于提及。

这当然都是很遥远的事情了，我也不知道那个女孩后来嫁往何方。我离开故乡已经很久了，我想飘浮在我心头的那些植物的气息，也应该消失很久了吧。有人常常走不出故乡的情结，有人却被故乡之外的事物纠缠不休，以至他一直分不清往事与现实究竟谁离他最近，或者谁离他最远。我不知道我处在何种状态，多年来我一直未能认真地去思考这个问题。只是有一点我很清楚，在我远离故土的时候，我始终漂泊在艺术

和工业交织的城市里。我要么举步维艰，要么就是脚步异常轻松地穿过城市夜晚相当嘈杂的梦境。也许，我就是最后一个从那个梦境中醒来的人。事实上，我一直在钢铁的氛围中沉睡不醒。需要指出的是，如今，城市的轮盘始终在我的脑海里旋转，它摩擦着我的血肉，它使一个人心灵的疼痛清晰可见。于是，二十年前的冬天，那场裹挟着雪花的冷风，拂过我的记忆，我的忧伤因此减轻了许多。

有一天黄昏，我带着这种记忆走向郊外。那时夕阳正飘散着一种陌生的辉煌。一片绿色扑面而来。随着空气中飘散着淡淡的农药味，这片绿色却掺杂着一种虚假的感觉涌上心头。我目光四处逡巡，一条弯曲的小河已缠绕在我的脚下。它宁静的水面下显然暗藏杀机。其实我并不怎么畏惧，只是有一种厌恶的情绪在心中蔓延开来，但它很快遭到了现实世界的挑战。我扪心自问，我能逃脱一个既定的事实吗？比如说，我出生在冬天，我生命的历程只能从那个寒冷的季节开始。我记事的时候，我已经置身在一片百花争艳的河滩上。我无法理解人生的机缘，但有一点可以肯定，我记忆深处的芳香，一定影响了我的人格，甚至走路的姿态。

就是那天黄昏，我看见一位在稻田里拔草的少妇。玫瑰色的夕晖照耀着她，她躬着身子，只有曲线优美的脊背，在绿色秧苗的上空蠕动着。她的蓝格子衬衫被夕光穿过，几近透明。她悬垂的乳峰若隐若现。我痴迷地凝视着她，我立刻感到世界是这么美好。那淡淡的农药味也仿佛消失了。只见她抬起头来，对我笑了笑，我也不禁点头微笑。也许正是她的笑容，使我想起了我那位邻居的女孩。我总是希望眼前的少妇就是我昔日的恋人。事实上，我见到每一位陌生的女性，只要她对我有些微的表示，我总会有这样的联想。这说明初恋是非常令人难忘的。那天，我沉浸在莫名的甜蜜之中。那天我自然还产生了其他的联想。比如，我后来的某次艳遇。还有在我的中学时代，有一次我在树上修剪树枝，不慎掉了下来。我当时就昏迷了，醒来时，我看见一个我平时比较喜欢的女孩，正为我流泪呢。当然了，我并没有十分肯定眼前的少妇，就是我记忆中的恋人。她仅仅改变了我的心情。从这方面来说，我还是

115

应该感谢她的。

那天我很晚才回到家里。睡梦中，我感到那辉煌的夕照渐渐从我心头退去，仿佛我的血液也由此变淡了。半夜醒来，我看到月光以一种清晰的线条穿过窗棂，然后横卧在我的书橱上。就在这时，我听到一声若有若无的叹息。我不知这声音来自何处，于是我在室内四处寻找起来。一无所获之后，我也叹息了一声。最后我的目光停留在一本书上。那是海明威的《老人与海》。昨天我刚刚第五遍读完它。我站在那里怔了许久，脑海里是风暴已经平息的大海。其实，我究竟在与谁搏斗呢？我难以说清。我只是有一种深深的疲惫感，让月光都变得沉重了。

我一直记得那个午夜的情景。后来我打开门走了出去。风很凉，有人在凄楚地歌唱。歌声使月光动荡，湿漉漉的。后来我回到室内，重新进入梦乡。朦胧之际，听到有人敲门。我嘀咕了一声，是海明威老人吗？请进来吧。

一棵枣树的背影

有些事物从我们身边消失，是不知不觉的。比如麻雀，人类似乎与它们结下了世代冤仇，必欲除恶务尽。如今它们真的几乎不见了踪影，这倒使人感到这个世界有一种异乎寻常的沉寂；再比如一种很普通的树木——枣树，也仿佛是在瞬间从我们的视野里消失了。

去年岁末，我回老家看望父母。闲谈中，母亲提到了村上的赵大爷，说几天前他在吃饭时悄然而逝。母亲过去也曾向我讲起类似的事情，但我并没放在心上，因为死人的事是经常发生的。可这次母亲提到赵大爷，我着实有些吃惊。我想起了那棵枣树。

那棵枣树怕有上百年了吧。树干粗而挺拔，枝丫虬曲交错，看上去森然、遒劲。它终日屹立在村东头打谷场旁边，就是在几里路之外，也能够看到它浓密的树冠。据说日寇当年曾想把它毁掉，但任凭他们怎么砍伐，那棵树坚硬如铁，甚至一点痕迹也不留下。后来他们气急败坏地用机枪扫射，那树身上就汩汩地冒出血来，整棵树都被染红了。那几个日本兵吓得哇哇大叫落荒而逃。这件极具传奇色彩的事情，我就是听赵大爷说的。他肚子里并没有多少墨水，但却有着天才般讲述故事的能力。因此，那棵枣树，作为我和我的小伙伴们倾听赵大爷讲故事的最重要的场景之一，就这样深深地留在我的记忆之中。

盛夏，烈日炎炎，四周的蝉鸣此起彼伏。那棵高大的枣树枝繁叶茂，浓荫匝地。孩子们众星捧月似的围着赵大爷，个个支棱着脑袋，听得全神贯注，不时地爆发出开怀大笑。这是我记忆中一幅人与自然所构成的最美妙的图景之一。如今，这种情景我想再也不能亲历了。

那天我离开父母，匆匆向老家的打谷场走去。我的预想果然被无情地证实了。那棵枣树连同打谷场已无迹可循。那天我心绪怅然。仿佛生活中猛然失去了一些什么，也好像有一条通往记忆之路一下被什么隔断了。据我所知，全球每天所消失的物种，可能有数百种之多，但枣树肯定不在此列。

前些日子，我到海边旅行，一辆面的在临海的公路上奔驰。我茫然地望着窗外，期待着眼前能够出现一片茂密的枣林。哪怕只是一棵或两棵……就在我无望地快要将目光移开的时候，一棵孤单、瘦小的枣树终于映入了我的眼帘。它屹立在半山坡上，由于山体被挖空，它的根须大部分裸露着，令人触目惊心。时值春季，它的枝条上已绽出点点新绿。它面对着辽阔无际的大海，在湿润的海风中轻轻地摇曳着，仿佛浑身透出一种坚毅和自信。我深情地凝视着它，脑海里再次出现那棵枣树的背影……

湿地，湿地

　　五月二十二日，在这个极为普通的一天，我还是从一团浓烈的阳光里嗅出了季节更迭的味道。春天眼看就要结束，一个盛装浓艳的夏天，已经把她的水袖撩拨到我们的脸颊上了。若是在平时，我们的感觉总是有些迟钝的。因为睁开惺忪的睡眼，我们的目光就被一层云翳般的窗帘给挡住了。那是城市。阳光像迷途的羔羊，它们胡乱地碰撞，在城市的巷道里睁着迷惘而又惊恐的眼睛。而现在我们已经走出城市，阳光愈来愈浓烈，愈来愈洁净。隔着车窗，她们欢天喜地，手舞足蹈。我们似乎都听到环绕在她们裙裾上的佩铃声了。其实那是阳光的足音。有人问，湿地到了吗？

　　湿地是自然的新娘。她羞答答地躲在世界的一隅。其实车过城头，我们就嗅到她身上的气息了。首先是大片的树林和更广阔的天空扑入我们的眼帘。天空是深蓝色的，树当然是深绿色的。但是在天际之间，它们就像一张洇湿的纸，相互渗透，相互融合。那种色调我们只能叫做混沌。我们以为车子愈往前行驶，我们愈会接近一种真相。其实不是。树林是茂密的，是时间的隧道。阳光从密密的枝叶间漫泻下来，好像跋涉了一个世纪。有一只白蝴蝶飘忽而过，它绕过一棵意杨，又绕过一棵意杨。最后它不知所终。我们的心开始悬了起来。车子在林海中太渺小了，更何况人呢？又有人问，湿地到了吗？

　　湿地当然到了。原来这片树林是湿地的帷幕。它需要遮掩和阻隔。

　　车子驶出树林，有人情不自禁地大叫一声，但更多的人是屏住呼吸，神情肃穆。阳光依然很浓烈。空气中混合着淡淡的腐草和鱼腥味。有水鸟划过水面留下的银色弧线。有一间孤零的茅屋。一个垂钓者和他心中的梦想仿佛在相互守望。水鸟惊叫了一声，又惊叫了一

声。它扑棱着翅膀，试图冲破一个巨大的寂静。我看到阳光在它的羽翼上暗淡了一下。

　　道路十分狭窄。纵横交错的水塘相拥着它。好在前面的世界一览无余。我们望眼欲穿的湿地终于出现了。它被一条横贯南北的土坝围绕着。泥土似乎还很新鲜，有一缕热气从那上面袅袅上升。野草刚刚从泥土中拱出鲜嫩的绿芽。在那坝子上立着一块巨大的广告牌。上面写着"国家级自然保护区洪泽湖湿地"。车子在一片狭小的场地上终于停下。我们这些观光客，我们这些大自然的闯入者，神情更加的肃穆了。水草和芦苇，高高低低，密密实实。它们簇拥着，缠绵着，仿佛万众一心，向着天边铺展而去。阳光和风的手指，在色彩斑驳的叶丛中穿梭，迂回。它们在弹奏着一部自然的乐章吗？有一朵小花在一簇草丛中悄悄地绽开了。有一条鱼突然跃出水面，它优美的身姿只是在阳光中一闪就不见了。有一只水鸟，不，有更多的水鸟在草丛的上空盘旋。还有一只水鸟（可能是丹顶鹤）正在岸边精心地梳理着自己白色的羽毛。它雍容华贵的模样令人遐想。我接过给我们做向导的县交警大队赵大队长手中的望远镜。但我从中看到的仍然是更加深远的苍莽和迷蒙。我觉得眼前的湿地是个谜。水、陆地和各种动植物构成一个完整的神秘王国。我不知道动物们是否正在密语，或者倾心追逐？我也不知道它的疆域到底有多大？我们显然只能徜徉在它的边缘。如今，人类终于明白需要对大自然保持足够的敬畏了。

　　后来，我们乘着游艇在湖面上驰骋。那感觉就像在飞。那时候，湿地已经从我们的视野里消退，但我仍然觉得我们没有走出湿地。那种氛围，那种博大，已经深深地融入进我们的血液之中。

第五辑

与春天共舞

一个梦想诞生的地方

　　许多人来到古镇双沟，是为酒而来的。这没有错。但也有一些人既为酒又为一种梦想而来，这同样没有错。我属于后者。三月二十三日，这一天应该是十分奇特的。有一群如我一样的寻梦者来到了双沟。他们肯定是被什么召唤而来的。我后来想到了一个这样的问题：牛顿的万有引力在宇宙中是一种普遍的规律，那么双沟的"引力"在哪里？原来双沟也是个寻梦者。她通过河流，更是通过酒，把她的梦想告诉世人，得以在我们的心灵中发酵或传递。就像植物的芽苞在泥土中上升，是它拉开了春天的帷幕。于是，一个梦想产生了，一个诗人产生了。

　　双沟，大约就是这样的一个造梦工厂。她体现在一种工艺流程之中，她更体现在一种具有幻想精神的容器之中。物质的双沟是厂房、生产流水线、酒窖等，但精神的双沟你见过没有？你别以为把粮食变成酒仅仅是一种工艺，它还应该包含着这片土地的孕育和灵性的创造。也许应该这样说，双沟是粮食的诗篇，是历史的游牧者，是时间的此岸与彼岸。她的芳香来自一枚果实，而那枚果实在远古时就开始发酵了。它的汁液稠密而透明，它的光芒照亮了一个寂静的午后，而四周环绕的森林也在那一刻默然无语。我们的一位先人此时正走向那片汁液。他仿佛得到了神灵的指引。他越过了一条河流，翻过了一座山岗，他还用木棒驱散了一群野兽的围攻，当那片闪烁着光芒的汁液出现在他眼前时，他如释重负地轻吁了一口气。于是，一个历史产生了，一个文化产生了。我

一直在想，人类的醉与醒应该是人类历史发展的主线条。可以设想，那位先人在长眠不醒中完成了历史的转换。一个新时代开始了，但我们往往还要情不自禁地回望昨天。那位醉卧的先人，历史已经给他命名了。而我们今天看到的"醉猿"，无疑是一种梦想的延续。它告诉我们，什么是酒的灵魂。

三年前我来过双沟。那时我有一种强烈的感受，那就是：我只能是双沟的过客。这种感受如今在我身上再次重现。我在那篇名为《过客》的短文中写道："每棵树都是大地的过客，每个人都是时间的过客……"其实，我们更是自己的过客。在双沟，你别把自己看得过重。真正有重量的是酒。酒的重量其实就是历史的重量。历史永远都是沉甸甸的。对于酒，我们只能遥望而不能触摸。在双沟宾馆高耸的八楼，有一个关于酒文化的陈列室。我想，历史在那里被呈现了。我看到了一个已经锈蚀的青铜酒樽，用一个玻璃罩将我与它隔开。这是人与历史必须保持的距离吗？但是人仍然是能够抵达历史的。在这之前，我已经知道了我要去的地方。当我乘上电梯，那种向历史飞奔而去的感觉就特别的强烈。我到达了，远古果实发酵的酒香向我弥漫而来，贺氏酒坊里男人们踩曲的歌声也向我弥漫而来，我甚至看到了陈毅老总面对淮河朗朗大笑……然而，在历史面前，我还是有些犹疑了。它的繁复与宏大，恰恰是酒的河流在其中奔涌不息，我只能遥望而不能触摸……

乡 村 电 影

我离开乡村已经多年。我不知道那里是否还经常放映着电影？乡村电影对于我无疑已是往事烟尘。在那个众所周知的年代里，如果能看上

123

一场电影，其亢奋的心情，绝不亚于今天的人们观看一年一度的春节联欢晚会。对此，我印象尤为深刻。

七十年代中期，我还是一个十四五岁的少年。那时上学要靠"推荐"。由于出身不好，我刚初中毕业就投身于广阔天地。那时我求知欲非常强烈，满脑子都是幻想，却没有任何书可读，于是我就迷恋上了电影。

乡村电影一年放映不了几次，且都在秋冬季节。这时粮食已经归仓草归垛。农人们用一场电影来酬劳自己也许是顺理成章的事情。那往往是太阳还未落山，在村头的打谷场上，在两根刚刚竖起的竹竿上，或在两棵并不齐整的杨柳树上，一块镶有紫色边框的白色幕布已经高高挂起。它在灿烂的夕照和柔和的秋风中悠悠地鼓荡着。你可以想象到我的目光里包含着多少深情和激动，那简直是在鼓荡着一个少年的心呀。

村上放电影的消息仿佛长了翅膀。其实每个人都是这个消息的传播者。我们这些半大的孩子们，更是推波助澜。我们呼朋引类，我们以充满活力的身姿，向着打谷场奔跑。几乎就是在同时，人们从低矮的屋棚下、从茂密的树丛中，从草垛与草垛的缝隙之间……从所有人们不经意的地方冒了出来。而几乎所有的人们都丢下了活计，都早早地吃完了晚饭。他们扶老携幼，三五成群。不少女孩子都换上了鲜亮的衣服，仿佛人群中飘动的彩蝶。他们从四面八方涌来，有如百川归海。打谷场，简直就是朝圣之地。暮色刚刚泛起，那里已是人山人海了。

我不知道有没有看电影的吉尼斯纪录？假如有，我倒可以申报。一部《南征北战》我竟然连续看了十六场！那部电影可能是拷贝不多，只能逐村放映，也就是一晚一村，我那时精力异常旺盛，白天干活再苦再累，晚上仍然是村村不漏、场场到。那时我对县里的放映队羡慕至极，心中最大的愿望就是能够当上一名电影放映员。我记得最后一场放映是在邢王庄，相距我们村二十多公里。我和伙伴们连眉头都没皱一下就徒步赶去了。那次电影散场已是午夜，天空又漆黑一团，我们只能手拉着手向前摸索着，结果还是迷了路。那次我们整整走了一夜。

人生有许多憾事。为了一场电影，我至今仍然耿耿于怀。记得那次

村里放映南斯拉夫影片《桥》，父母指派我和弟弟留一人在家看门。这可难坏了我，弟弟根本不听我的安排。我们激烈地争吵着，直到电影开始问题也没解决。最后我对他说，那咱们都在家吧。这话可能激怒了他，他趁我不注意，用一块砖头向我后脑勺砸去……那夜，我顶着呼啸的寒风，手捂着仍在流血的伤口，踉踉跄跄地向县城里走去。直到如今，我与影片《桥》依然失之交臂。

在电视已经相当普及的今天，也许再也不会有谁拿乡村电影当一回事了。然而我想说，乡村电影是那个年代里一支微弱的烛火，它照亮了一个人曾经暗淡的生命。

乡村意象

那是一种怎样的所在？无语、闪亮的河流，以它纤细而有力的身躯穿过数千年贫弱、幽暗的灯火。乡村，今天在一张纸上凸现、复活。我的笔尖划过月光下的栅栏，发出类似于泥土和青苔剥落的声音。古老、破旧的木门在沉沉的午夜为人类的幻想所开。被烟熏黑的灶台、墙壁让人疑心是否是历史的虚拟？那条孤独的黑犬在门前的一棵苦楝树下假寐。这似乎意味着它对贫寒的忠诚。也可能是它正沉湎于一片浓荫的虚幻和时间悄无声息的流动。没有谁注意到栅栏已经朽败。那是与大地紧密相连的部分。一片黝黑的斑痕蛰伏着，似乎是一团动荡的乌云正孕育着雷鸣和闪电。这触目惊心的时刻在我们的生活中只是隐约可见。而生长在栅栏内的一簇簇植物倒很蓬勃、旺盛。我想它们与大地的相连是真实的，因为它们通过果实让人类对大地产生敬畏，并感恩于它。

我曾经路过许多果园，而且大多在夏秋之季。这是硕果累累的季

节，似乎让人不必担心人类还有多少硕果仅存的东西。首先是那些布满枝头的红苹果，它们可能比豆角一类的果实更沉实，或者更空灵。因为我的目光已被它们拼命地摇晃；不是充满凉意的秋风，而是来自一种诱惑。来自乡村和泥土的诱惑。人面对这种饱满、多汁的果实，不免要耽于幻想，这种幻想的根须也不免要深入到泥土的内部。由此，我的目光越过果园、越过紧挨着果园的稻田、河流和村庄。我发现村庄也同样有着果实的圣洁和光泽，尽管它们有时还很陈旧和贫困。

我曾经沿着一条弯曲的小路走向乡村。应该说，这些小路不是我们文字中的迷宫。它们静卧在广阔的大地上，有着敞开和明亮的寓意。即使它们有时被荒草和树丛所遮蔽，但你也不必担心、忧虑。遮蔽是暂时的，它的指向永远是自然的简洁和柔和。就像我们面对的大地的轮廓，就像在乡村中呈现的草垛和房屋。我们自然可以循着它抵达乡村的梦境，那具有油画色彩的雨雾中缓缓移动的牛群。而乡村的小路在我的笔尖下扭动，像河流的激荡，用愤懑、张扬的姿态包裹我的心灵。我不能不面对昏暗的烛火、紧紧缠绕着呻吟和梦魇的蛛网。这是我记忆中的景象，在现实的另一端，拖拽着我走向时间的深处。就像人走进黎明前的黑暗，一缕月光退隐到一个人的内心深处，他从那里看到了一条小路，弯曲，但很明亮。他沿着那条小路走到了今天……

今天的乡村应该有着更多的抒情部分。那是雨后的乡村，鲜润明亮的也许并不仅仅是屋檐下悬挂的谷物和草药。我记忆中的栅栏依在。月光如蝴蝶的翅膀。具有灵动意味的叶片是乡村的呼吸？抑或是乡村少女拾阶而上的背影？有许多人回头就看见了脚下的河流，青石砌就的小码头。那静泊在乡村臂弯处的渔船，仿佛更给人一种温情和柔美的感觉。这是乡村的自然延伸，具有天空的明净和空阔。今夜，我在城市的露台上遥望乡村。乡村之于我的炊烟、柳絮、葵树全部隐而不见，而人的心灵就是乡村，因为你眼中有它们永恒的博大和深奥。

遥想泗水王陵

　　公元前一一三年，西汉中期的元鼎四年某月某日，这几乎是一个不同寻常的日子。在汉代都城洛阳的上空，镶有金丝彩穗的杏黄色旗幡，几乎遮天蔽日，在强劲的晚风吹拂中哗哗作响。而在队列齐整的兵士们头顶的上方，是箭、矛、戟、钺、盾牌等兵器组成的"森林"。它们全都被涂上了一层金黄色的夕照。这夕照多少有些温暖、明丽，反而把那些从兵器中透出的威严、肃杀的氛围冲淡了许多。这其实正是一个太平盛世。战争的狼烟早已飘散，那些在队列里肃立的马匹，从它们眼神中透出的茫然和懒散，或许可以证明它们对战争的遗忘，已经到了何等的地步。

　　从早上到黄昏，皇宫里所有的朝拜、庆典、祭祀等活动，差不多已经到了尾声。即使从汉武帝那略显疲惫的神态中，似乎亦可略见一斑。但最后一个仪式还是要继续进行的。那就是"册封"。随着一片震耳欲聋的三呼万岁，一个名字叫刘商、脸色略显苍白的年轻人，有些受宠若惊地匍匐在地，他一边说"叩见父皇，多谢隆恩"，一边接过了其父的册封"谕旨"。这个日子对这个叫刘商的年轻人，可能是不同寻常的。从另一方面说，对昔日曾经饱受楚汉相争之地的民众，也可能是不同寻常的。因为，一个被称为"泗水王"的国度，就在这片草美水秀的土地上诞生了。

　　二千一百多年后的今天，即公元二〇〇四年六月的某一天，我们一行数人，随当地文物部门的专家学者参观了泗水王陵遗址。那是一个细雨霏霏的夏日。沐浴雨中的我们，多少感到这是一个诗意绵绵的日子。前不久，南京博物院的考古专家们已对该遗址进行了清理和发掘。现在呈现在我们眼前的是一堆黄土和深深的水潭。何谓遗址？历史分明在这里成了一片空白，或者就是由荒草和泥土组成的岁月的残片。但是随着

他们的讲解，我们的心境随之释然，那段辉煌、壮观而又曾经一度被岁月湮灭的历史，又渐渐地呈现在我们的眼前。

历史是无法完整的。它是精美而又易碎的瓷器。这是事物正反的两个方面。当人在脑海里孕育着一种想象时，历史也在一瞬间复活了。于是，我"看到"了两千多年前那个盛大的册封场面；我还看到了一度鼎盛的泗水王国许多并不为后人所知的细部。尽管在我的想象中，所有的场景已经被虚拟化了，我也难以去触摸一只陶罐、一对玉佩或者一匹青铜马。它们的造型、纹饰和质地，或许已经被时间分化得难以辨认，但历史的碎片已经在我的潜意识里积聚成形了。

大青墩，这个质朴而又很有一些厚度的名字，在两千多年前也许并不存在，但你却无法否认一个王国曾经在这片土地上的繁荣和发展。让我们再来看看这个叫做刘商的年轻人吧。他的身形、相貌早已不可查考，他的"面色苍白"，也仅仅只是我的揣测或者描述上的需要。我想，这一切已经并不重要。重要的是，他"创造"了一个王国、一段几乎被岁月掩埋的历史。我想他"登基"的那天，或许又是一个不同寻常的日子。他可能也像后来的曹操那样，在淮水之滨构筑一个孔雀台。他的诗情也许并不比曹操逊色多少。从"力拔山兮气盖世"的项羽，到唱着《大风歌》衣锦还乡的刘邦，再到三国时筑坛歌吟、把酒临风的曹操。在这并不算漫长的岁月里，那简直就是一个诗人辈出的年代。中国的历史几乎就是由诗人们写就的。除了上述几位，比如，当代诗人毛泽东。我不知道汉武帝的小儿子刘商是不是诗人，但他一定是一位具有诗人气质的人。因为——有浩荡千里的淮水作证；有遍布淮北大地的高粱、板栗作证；还有那被后人称之为大青墩的、在当时一定是气势恢宏的泗水王陵作证。泗水王陵，它已经从历史的迷雾中浮出。作为"视死如生"的古人们，他们要极力打碎生死两界。死亡是什么？是另一种的生。是现世生活的再现和延续。那里同样有富丽的宫殿、有器乐的回旋，有郁金香花香气弥漫的回廊，还有宫女们手提裙裾、款步行走的身影。

又一个黄昏降临。营造王陵的那些工匠们已经散去。刚刚完工或还

未完工的车马模型、各种陶俑、木俑、石雕等，几乎被丢弃得到处都是。有一只骨瘦如柴的黑狗，看着逃散的人群，它已经无力哀鸣了。它的眼睛浑浊而又凄楚，其光亮有如天边的落日，正渐渐黯淡下去。远处的烽烟，在相隔了一百多年后又再次燃起。有人甚至都看到了叛军的马队激起的烟尘了。高悬在那棵老槐树上的青铜大钟已被敲响。这可能是一个王朝最后响起的钟声。它有些凄凉和无奈，但它仍然不失绵长和跌宕。因为历史还在继续。一个民族的梦想还在继续……

一盒旧磁带

　　妻今天从街上回来，笑眯眯地告诉我，说她在锦绣园购物中心里看到了我昔日的"情人"柳小丽。她说柳小丽虽然已是三十岁出头，但依然光彩照人。两人交谈的话题当然主要是围绕着我。妻最后说，凭女人的直觉，我能看出柳对你依然抱有好感。你和她是否还想重叙旧情？妻今天出人意料的大度，让人不觉生疑。我语气淡淡地说，她不是回南京去了吗？她来咱这儿做什么？妻子仍然笑着说，人家难道不能回来看看吗？她现在在哪里？我的语气顿时急切起来。妻用手指点了一下我的脑门说，看，猴急了吧。

　　大约在十年前，我还是个冒着酸气的所谓现代派诗人。柳小丽是我的"崇拜"者之一。我们是在一次笔会上认识的。柳经常拿一些诗稿登门来向我请教。柳是一个活跃、情感又特别细腻的女孩，而这恰恰是妻所不具备的。在关键时刻，妻力挽狂澜于既倒。妻当然有权力保卫自己的爱情。记得有一天晚上，柳约我出去散步。她告诉我，明天她就要回南京去了。那天晚上，我和柳含泪吻别。临别之际，她向我赠送了一盒

磁带。里面录制了她所唱的十几首歌曲，其中还有由她朗诵的我写给她的一首诗歌。柳的音质相当不错，有点儿类似于当年的红歌星朱晓琳。

从此，柳从我的生活中消失。仿佛是雁过无痕的天空。我曾多次背着妻打开录音机，欣赏柳那甜美、圆润的歌声。但是时隔不久，这盒磁带就神秘地失踪了。那天，我又悄悄地在家里东翻西找起来。妻只是装作浑然不知的样子。第二天，妻变戏法似的，把那盒磁带递到了我的眼前。她说，你要找的东西就是它吧？我暗自吃惊。这盒磁带明显的有些陈旧了。那盒盖上竟蒙了一层淡淡的灰垢。我立刻明白了，这盒磁带的失而复得，当然是妻刻意所为。

中午，妻做了一桌丰盛的菜肴。我问，今天是什么节日吗？妻不回答我，而是手指着录音机对我说，不欣赏一下柳小丽的歌声吗？我出神地望着她，更觉得她可疑了。柳的歌声好像穿越了一个漫长的时光隧道，又在房间里弥漫开来。妻脸上现出一副陶醉的神色。她语气幽幽地说，你还记得吗？九年前的今天，正是咱们结婚一周年纪念日，你却忘得一干二净。你当时竟然泪流满面地在欣赏这盒磁带呢。我恍然大悟。这么说，今天正是我和妻结婚十周年纪念日。我甚至怀疑妻说她和柳在街上相遇，也是她刻意编造。我顿感内心里五味杂陈。想不到，妻竟然以这盒磁带导演了一出生活大戏。

银兔的故事

大队会计庞庆成为人颇有心机，他给我的印象不太好，平时我和他总是保持着距离。那天电影散场后，他叫我和他一块儿走。同行的有他的一个远房侄儿，还有一个未婚女知青，南京人。庞庆成那天对我似乎

很热情，天又非常黑，我不好拒绝他，就同意了。

　　一路上，庞庆成不断地和那女知青调笑着。我和他的侄儿则成为他们的听众。其实，我那会儿有些心不在焉，脑子好像在想其他的什么事情。离村子还有一里多，那是一条河堤路。路两旁是密密的槐树林，路泛着模糊的白光，两旁的树则显得阴森。正走着，庞庆成忽然问我，你见到过银兔吗？我只得如实回答：没有。然后，他又问女知青和他的侄儿，他们也说没有。他说他倒见过一次，是在村子附近的部队营房里。他正说着，只见一道银光从右侧的树林中闪出，眨眼的工夫，就消失在左侧的树林之中。面对这突如其来的一幕，个个都惊得说不出话来。几秒之后，我说会不会是一只羊呢？庞庆成断然否定我的说法，他说肯定是一只银兔。他懊恼得直咂嘴、叹气，怪自己一时没反应过来。他说只要有一个未婚女子及时地脱下裤子，那银兔就会定在地上动弹不得。这话显然是冲着那位女知青说的。那女知青则疑疑惑惑。她说，这可能吗？我也不太相信。大伙议论了一会儿，就走到了村头，分手，各自回家。

　　第二天上午，从公社传来消息，说回乡劳动两年以上的青年就可以被推荐上大学。我回乡劳动只有一年多，这个条件我二哥够。作为"可以被教育好的子女"，二哥兴冲冲地去报了名，结果是没他的份。这个打击自然波及了我。我顿感浑身冰凉。庞庆成则时常假惺惺地安慰我，无非是说，好好干，前途是光明的。像我这样一个刚走出校门不久的少年，头脑的单纯是可想而知的。为此，我比别人流了更多的汗水。但是，随着时间的推移，庞庆成所给予我的许诺，显然是假的。我心里头由此产生一种被欺骗和被愚弄的感觉。紧接着，孤独与苦闷也如影随形地进入了我的生活之中。

　　那时我被各种幻想缠绕着，银兔就是其中之一。

　　不知为何，那时部队早已撤离营区。这片空荡荡的营房被方圆数公里的河流和树林环绕着。里面的屋宇由于长久地无人居住，显得破损、陈旧。许多门窗都敞开着，玻璃碎片几乎随处可见。屋脊上和青砖铺就的人行道上，则已被荒草和青苔覆盖。整座营区异常地寂静。只有偶尔

风吹杨树叶所发出的沙沙响声。一种神秘和阴森的气氛在这里弥漫着。村人们几乎从不敢贸然进入。后来又有许多人说曾亲眼目睹这里有银兔出没……渐渐地，我的心头升起一股强烈的欲望。从此我孤单的身影常常在那里游荡着。

我始终没有见到过银兔。其实我也不太相信确有其事。银兔也许仅仅只是我的幻想之物。我常常枯坐在一间偌大的房间里，闭目冥想。银兔仿佛就在这时出现在我的面前。它的目光里透出一种罕见的温和与友善，而它的身上则闪烁着一片纯白的光芒。我喃喃地自语着，泪水不觉涌出了眼眶。

有一天黄昏，我和庞庆成在那里不期而遇。我们双方都惊慌得不知所措，彼此都明白来这里的真正目的。我们只有讪笑着，说着一些无关紧要的话儿，都绝口不提银兔的事情。

后来不久，部队又回来了。在部队回来的三天之前，有人说在那天夜里看到数百只银兔，浩浩荡荡地越过柳河，向着东方绝尘而去。

与春天共舞

立春一过，我就知道自己该与什么告别了。告别是为了走向另一个季节。这个季节当然花团锦簇。我家住楼上，远离地气，我刚把通往阳台的门打开，那带着些许暖意的春天气息，就急不可耐地拥入了我的房间。事实上，当我还在梦中，我就听到了它匆匆的脚步声。那时，我几乎就要醒来，是楼下的罗先生使我睁开了眼睛。他已退休赋闲，他因晨练而使楼下咚咚直响。以往，我只是懵懵懂懂地感觉到这声音的存在。因为它持续地响彻整个冬天，它反而把我推向更深的睡眠之中。对于我

来说，冬天真是残忍。除了蛰伏梦中，我不知道我还能做些什么。也许，这是上帝的蓄意安排。

现在，我来到了阳台上。罗先生正在院子里做慢跑运动。空气是少有的清新，一株倚墙而立的桃树正含苞吐蕊，前些日子还很晦暗的玉兰树现在则一片青绿。而远处的音乐声正隐隐地飘来。那是西贝柳斯的《芬兰颂》。我情不自禁地开始舒展双臂，转动身体……在我潜意识里，我正合着一种节拍，舞之蹈之。我是一个作家，我常常在时间的追忆中，试图超越某种事物的流程。因此，我的许多文字都与季节有关。春天一旦置景搭台，想必那场盛大的舞会也将如期举行，我当然也要从昏睡的冬天里醒来了。说起来，我很惭愧，我不是第一个拥抱春天的人。据我所知，已退休赋闲的罗先生也许能算一个。

我在前面说过，告别是为了走向另一个季节。我相信每个人都能如愿以偿。只是我想问一下，你是否已与春天共舞？如果你的回答是肯定的，那么我还想再问一下，那场在春天里如期举行的舞会，在你人生的长河中已经延续了多久？生命太珍贵了，只是我们能够拥有多少明媚的春光呢？我在春天里写下的文字，就是想在自己的生命中留下一个青春的背影。

追寻纪伯伦

现在想起来，我最初知道纪伯伦这个名字，大约是在八十年代中期听了诗人赵恺的一次文学讲座。在我的印象中，赵先生对纪伯伦推崇备至。称他为世界级文学大师，而我第一次接触到他的作品竟是他的素描画，以后才陆续读到他的文学作品。从此我知道这位文学大师还是一位

天才画家。他出身贫寒，经历坎坷。他曾经师从罗丹，受布莱克神秘主义诗画和尼采的《查拉图士特拉如是说》影响较深。画风与他的文学几乎如出一辙，深邃、强劲。主题大多都是欢乐与悲哀，善与恶，时间与死亡。

有人说过，追寻大师的足迹，就是寻找人类的精神故乡。我对纪伯伦的追寻，大抵有一个由感性到理性的过程。十多年前，我对文学狂热有加，求知欲是异常的旺盛。我对纪伯伦的一无所知与我求知欲望形成了强烈的反差；他的名字犹如一颗幽冥的星辰，终日悬挂在我脑海的夜空中，飘移而不确定，这使我的心灵备受煎熬。这种状况几乎持续了数年之久。直到有一年我走进省城图书馆。在一个宽敞明亮的展厅里，我绝对没有想到，纪伯伦的素描画赫然在目。就在我目光触碰的瞬间，我是何等的震惊与欣喜！我差一点惊叫起来，我把那声惊叫强压进胸腔里，于是一个雷鸣般的声音在我的体内回荡着，它沿着我的所有血管末梢传遍全身。多少年之后，我仍然感到那声音的匪夷所思。我不知道自己在那个展厅里究竟流连了多久。我只记得我走出展厅的时候，大街上已是暮色低垂，暗弱的路灯光在清冷的空气中渐渐浮起。这是一个冬天。我穿行在喧嚣的人群之中，心无旁骛，眼前浮现的尽是一幅幅奇异的画面。也许从那时候起，我就被大师所引领了。

后来没有多久，我就读到了他的小说《沙与沫》、散文《先知园》以及大量诗歌作品。这些年来，我并没有去深想自己为何如此钟情这位大师，我觉得一切都是很自然的。但是有一点可以肯定，人的心灵需要一种支撑。我想，真正的艺术应该是对万物的启悟与体验，而大师恰好为我提供了这些。他在《先知园》中写道："请在内心努力地感觉：有一种美比一切美物更加迷人；有一首歌比森林和海洋的歌声更加强劲。"人类的精神之美是永恒的，它完全可以超越地域和时空。试想，庄周为什么要梦见蝴蝶？管仲为什么要秉烛夜行？从古至今，人类在摈弃了一切邪恶之后，他所企盼的，内心里也许只剩下了一座美的家园了。

异乡的漂泊者

你站立的地方就是你的故乡吗？你是否已在梦中嗅到了来自异乡的气息？人类常常被自己的梦想所牵引，只是你有时还在频频回首。那熟悉的老屋、篱园、沟垄、牛棚……渐渐在你的身后变得苍茫。人最容易背叛自己。故乡其实就是你身上脱落的皮屑。这是一种不经意的背叛。有时我们是唱着轻松的歌儿离开故乡的；有时我们也泪流满面，也一步一回头，但是何必呢？这似乎十分隆重的仪式，能够阻止你走向远方吗？

不回头，不回头，我的爱永远在前头……一首歌曲就是这么唱的。它就像河流流向远方，就像风一样掠过夜晚的大地。昨天的一切早已面目全非了。人类在自己的梦想中离井背乡，我在自己的言辞中流落天涯。异乡在被风裹挟的落叶中，异乡在隔河相望的灼热目光里。错把他乡当故乡。这不是人类所独有的错误。鸟儿衔着种子飞向远方，你别以为这是一种罪恶的劫持，其实这是种子幸福的迁徙。没有谁被幸福的东西所迷失。人类其实是被自己本身所迷失了。徘徊、忧愁、绝望，这就是我们固有的梦魇，这就是我们用双手构筑的昨天的故乡。人类就是从这里走向他乡的。不，是寻觅，是光荣与梦想的突围。

然而，并不是所有的人都能够走向异乡的。有许多人只能滞留在自己的梦中。他们在自己的土地上行走，或伫立窗前，雨水在漫长的夜晚猛烈地抽打着他们的心房。天亮了，透过窗棂，被树木遮蔽的天空，就像他们的日子一样平淡。还是看看自己的手掌吧。我们的目光肯定无数次在自己的手掌上定格。那上面真的有我们命运的河流吗？我曾多次惊骇地看到一些漂亮的女孩，把自己纤巧的手掌交给那些猥琐的算命者。在那一刻，我成为命运的旁观者。我有些心冷，又感到自己多少有点儿杞人忧天。人类穿过危机四伏的夜晚，其必然要走向黎明。哦，异乡，

135

远方的彩虹，春天的血液，已经在许多人的身上和眼睛里闪现出来了。善良的人们，我祝福你们。

在我童年的记忆里，故乡之外的世界对我既充满着诱惑，我对它又是那样的一无所知。我不知道异乡有宽阔的街道，高耸的楼房，还有乌篷船、马戏团和大红灯笼……人类在蒙昧中恪守着自己的信仰。就像我坚信家乡的河流永远是向着一个方向流去的。当我已经长大，我成熟的心志仿佛从梦魇中突然醒来。人不可能两次涉过同一条河流。赫拉克利特的格言已被我用另一种方式体悟出来了。我明白了对远方眺望的意义。那时候，我最初见到的异乡的使者竟是卖货郎。而我那时所能理解的幸福就是糖块、红头绳和小木鼓。这是远方送给一个孩子的礼物！从此我就知道，母亲那忧郁的眼神肯定与那咚咚直响的货郎鼓有关。在我稍微懂事的时候，我常常一个人坐在古老的汴河岸上发呆（母亲忧郁的气质已在我身上显现出来了）。河水永无止息地向前流动着，它们带走了泥沙、各种漂浮物，还有庞大的船队。那船上装载着粮食、木材和煤炭，也装载着忙碌和欢笑的人们。他们从远方来，又到远方去。他们仅仅只是我的故乡匆匆的过客。我灼热的目光追随着他们，直到他们消失在河流苍茫的尽头。而那些异乡的漂泊者却怎么也不会想到，那个坐在河岸上的少年他内心里也有一条奔涌不息的河流呀。

有一天晚上，我随手打开一本书籍。是兰波的《醉舟》。他在开头写道："当我顺着无情河水自由流淌，我感到纤夫已不再控制我的航向……"这就是命运，精神的命运！兰波无疑就是异乡的漂泊者。窗外夜色正浓，室内灯光昏冥。我常常就是这样将自己置于虚幻与现实之中。

过　　客

　　每棵树都是大地的过客，每个人都是时间的过客。世界上的过客太多了。我们不可能永远拥有某种东西，我们也不可能永远地在一个地方待下去。即使你对那儿特别眷恋，也没用。在酒乡双沟，我十分强烈地感受到了这一点。

　　隆冬时节，我们一行数人来到古镇双沟。在踏上这片土地的瞬间，我猛然产生了一种被提升的感觉。山不在高，有仙则灵。我们是带着某种朝圣的心情来到双沟的。我们每向前走一步，就接近了一种真相，一种美。这时候，你饮下去的不是酒，而是一种生活，一种精神。这时候，你不是过客，你就是双沟的一草一木。双沟用酒的芳香包容了我们。

　　其实，我们仍然是双沟的过客，是酒的过客。在双沟，酒已经成了某种事物的代名词。我们的思绪就成了酒的河流。在这个时代，酒取得了某种命名权。我们无法撩开酒的帷幕，我们所目睹的事物，仍然是酒液浸泡的事物。比如高粱和元豆，比如牡丹系列。在白昼，酒遮蔽了河水，树木和街道。在夜晚，酒使人的梦想浓缩和升华，如宝石般闪烁着耀眼的光芒。所谓幸福，其实就是一种现实和梦想的勾兑。从某种意义上说，人类发现了酒，也就是发现了一种幸福。它与人类的情爱只有咫尺之遥。我曾看到卡诺瓦一幅雕塑画，名字叫《丘比特之吻》。我不知道爱神丘比特的血液中是否含有酒的香醇？要不，人类的爱情为什么能够持续至今？甚至比牡丹还要圣洁呢？时间淘洗了一切，只有酒和爱情，还没有成为彼此的过客。

　　在酒厂厂区大道上，酒使过去的一切一一呈现，又使它们悄然消失。时间不可能将发酵的野果和醉猿复制出来，贺氏酒坊也只能存留在我们的想象之中。它们都是这片土地上的过客。我们所有的光荣和骄

137

傲，既源于它们，又与它们毫无关联。然而，它们的血脉是贯穿古今的。它们在抵达今天的时候，我们无疑是在倾听一首美妙的摇篮曲。

人类的摇篮曲已渐渐消弭，就像黄昏里渐渐消散的蝴蝶。人面对的其实是一个既温暖而又冰凉的世界，酒已成为某种可以感触的象征。它既是现实的真相，又是斯芬克斯式的时间之谜。在酒面前，人类阅读着自己的幸福与悲哀。与生命干杯，与死亡干杯，历史的羊皮纸上就写下这两行文字。然后，历史就被时间的火焰化为灰烬。然后，时间说，你们都是过客。

第六辑

穿过午后的长廊

时间的篇章

有许多事情我都无法忍受。譬如，在黑夜中行走。险象环生的旅程，是使我记忆疼痛的重要根源之一。尤其是，在一个人为迹象较为明显的黄昏，我想象不出是谁扼杀了白昼的生机？或者说，那种很阴郁的沉寂，是何时已从我的体内开始？在正常情况下，我当然听不到灵魂中潜伏的声音。这也许可能与在黑暗中飞行的蝙蝠有关。这些黑色的小精灵，在空中布下陷阱。我已经知道它们在捕捉什么了。那时候我路过一座梨园。在春天里被催生的事物，已经用很灿烂的梨花，以及在空气中到处传播爱情的梨花的气息来迷醉我了。我当时的头脑极其清醒，尽管那时我很孤独。我越过许多沟坎，进入梨园的深处，我的孤独感随即消失。那时候我就感到爱情已经无处不在了。我被一声虽虚无但亦很真切的呢喃所召唤。一朵梨花安放在我的手掌上，我并不去端详它。它纯洁和超然的姿态，我想应该让它穿越千年，或者穿越人间最普遍的情愫。我都感到有些沉重了。我并未为生活所累，当然也不是一朵梨花本身所致。有那么一刻，它在我手掌上翩跹。我想说明的是，在梨园和人的灵魂之间，流动的难道仅仅是风吗？它又怎能吹动时间和沉重的石头？尽管有许多石头已从我的心头上滚落。我能想象的情景是，时间又过去了千年，我所向往的和我所厌弃的事物，都已不复存在。唯有一种声音应该是永恒的，它经典般的品质，难道就是自然的呼吸和搏动？可是，一群蝙蝠带来时间无情的流逝。我听到的声音已变得遥不可及。它所驾乘

的车辇，难道就是黄昏的云吗？我该走出黄昏和梨园了。身后的世界被蝙蝠的颂词充盈着。它们在死亡的层面下，称颂别人，也称颂自己。

这也许是一种假象，但我无法识破。我来到了更开阔的地带上。我环顾左右。一边是死亡，一边是纪伯伦和他的《生命树》的幻象。应该说，我感受到了来自东方神性的指引。而现在是午夜，是一个人的情感最迷离的时刻。钟声从远处传来，它是黏滞的，仿佛穿越了血液和泥土。这时候一个人该位立何方？世界的中央被我内心的忧郁弥漫着。我记得一幅后印象派的画面。它应该呈现于记忆明朗的白昼。太阳却朗照着斑驳的彩釉。我的身影在画面上被谁印证？然后在倾斜的阳光中又被谁吞噬？我缓缓地走向河流。橹声和歌声都很具体。彼此又在水流撕扯的疼痛中被混淆。那时候一棵树与我同样是自己的背景。我看到一位老人。他荷锄的姿态，就贯穿着一部很丰富的民族史。他同样是自己的背景。我记得无数个白昼的时光，从一顶太阳帽上悄悄滑过。太阳帽是白色的，质地柔和，四周的光轮暗示着一个很美好的边缘。我忘不了它在田野上的晃动。它曾经浸染了我的汗水。如今它却像河流一样干涸了。我曾在写作中对劳动和收获倾注了热情，但我能唤回一个特定的画面吗？我牢记着那位老人。他的姿态使我的记忆变得永恒。

现在，我站在黑夜的边缘。身上有些冷，但意识里却是夏日里飞行的白鸽。我一定很钟情白色。我努力想淡化的黑暗，其实已经从童年就开始了。那时母亲的怀抱遥远而又迷幻。我想走进没有饥饿的童话里。我曾经热爱的一棵榆树，在一夜之间面目全非。从此我就知道许多罪恶的勾当都与黑夜有关。当然现实的情境是，黑夜也挽救了人类，尽管给予我们的往往是无尽的苦涩。就我个人而言，穿越黑夜，已是个人的必须。我曾在一个夏天的傍晚，和一个女孩结伴而行。她白色的衣裙使我神往于夜色的神秘。她在暗中把手递给我，使我又想到了人类最初的恋情……是的，我现在站在黑夜的边缘。我的肌肤渐渐明亮。我的心灵所承载的日月轮转，应该说从未停止。白昼永无休止，我这么想/我们有为白昼而存在有头发/但最终黑夜的平静水面将上升/而我们的皮肤，像在水下，将看得很远。我吟诵着罗伯特-布莱的诗篇，坚定地走向东

方。那里，海平线起伏、跳荡，我已经不能属于我自己，我曾经歌颂的人，应该是我未来的生命。它贯穿着时间以及与它伴生的一个个辉煌的篇章。

楼下的鲜花店

几乎所有的鲜花店都在临街的楼房的最底层——我不明白那些鲜嫩的花骨朵儿怎么能承受得了世俗生活的重压？然而，它们一身轻松的媚笑——不仅证实了我的杞人忧天，而且在众人的眼里却释放出某种微妙的讽喻意味。这当然与爱情有关。在我居住的这条街上，不到三十米长，就排列着五六家鲜花店。店名一个比一个新潮、温馨和柔美。比如，"名黛"、"安妮"、"怡园"……还有一个叫"袭人"的。店主我认识，是一个胖胖的少妇。我一直感到奇怪，她文化程度并不高，我确信她不会读过《红楼梦》，却怎么想起这个词儿的？但奇怪归奇怪，由于她精明能干，她的生意是最红火的。每每路过，我总要加快脚步。我惧怕"袭人"的目光——怎么这样巧合？由于书上的袭人众所周知的市侩和虚伪，而使我不由得心生憎恶。但在事实上，我仅仅只是认识她而并不了解她。更要命的是，她侍弄的那些花也被我株连了。它们尽管香气袭人，但我却从中嗅到了一股媚态和虚情的味道。有时我一下想到，这个世界也许就是媚态和虚情的。它们最佳的表现形式，就是向你献上一束鲜花。当然，我不怀疑其中的真诚部分。只是我想指出，在鲜花的背后，往往有一闪而逝的刀光剑影。这在历史上已有定论的事件人们是不该淡忘的。

一个时期以来，我就像大彻大悟的佛祖看透了世间的一切。那些向

友情和爱情盛开的鲜花，突然在我心中成了罪恶的同谋。它导致了最致命的后果，我突然在生活中迷失了自己。例如，在"袭人"鲜花店旁边，就有一家叫做"隐士"的咖啡音乐茶座。而我却真想做一名现代隐士，那家茶座无疑给我提供了这种可能。我第一次光顾"隐士"的时候，"袭人"恰好不在，我像做贼似的"猫"了进去。有一次，我看见"袭人"正用她那肥厚的脊背对着大街和人闲聊，我趁机溜进了茶座。哪知，不一会儿，"袭人"抱着双臂晃了进来，并和有些秃顶的"隐士"大声调笑着。我立即感到如坐针毡。我甚至感到袭人那放肆的调笑是冲着我来的，而我以前强加在她头上的那种感觉，似乎一下被印证了。我十分狼狈地鼠窜而去。从此，我再也没有去过那个茶座。我突然感到自己在生活中一下变得无所适从了。

但是，人就是奇怪，人性的多重性在我身上得到了最充分的体现。时隔不久，我在P城结识了两个女孩。有一天晚上，我们结伴出去散步。那是十一月底的天气，非常冷。河滨公园里有一个卡拉OK摊点，四周用一种蓝粗布围住，里面除了电视机和一台"夏新"影碟机，只有几条长木凳，很简陋，而且还是露天的。那天我嗓子有些嘶哑，唱不起来。两位女孩只有一个人能唱，于是我就和一个姓栗的女孩做观众。就在这时，进来一个卖花的老太婆。她一劲儿要我给两位小姐每人送一枝玫瑰。价格不贵，五元一枝。我动心了，而且我也认为应该送，以表示我的真诚。但两位女孩坚决不要我买，她们当然是为我着想。后来我还是放弃了。姓李的女孩唱得十分投入，全然忘记了寒冷，而我和小栗却被冻得瑟瑟发抖。我对小栗说，咱们出去跑跑吧。她欣然同意。我们大约跑了十分钟，身上果然不冷了。我们在河边停了下来，一边大口地喘着粗气，一边欣赏着夜景。河对岸就是略显迷蒙的万家灯火和霓虹灯广告牌，还有非常开阔的波光闪烁的河水。我和小栗热烈地交谈着，彼此都感到有一股温情在体内流动着。在往回走的路上，我不知怎么又想起了那个卖花的老太婆。我对小栗说，我还是给你们买两枝玫瑰吧……当我们和小李会合时，那个老太婆早已走了。

离开P城后，我也就渐渐与那两位女孩失去了联系。每每想起这件

事，我的眼前就浮起了一束非常鲜艳的红玫瑰。它简直成了我情感命运的符码；一方面是我对鲜花的冷漠和鄙夷，另一方面却又是我对它们如此甜蜜的追忆与向往。我不知道这种悖论是怎样地交织在我的人生之中。现在，我仍然差不多天天都要路过楼下的那些鲜花店，当然包括"袭人"的。有一天我看见那个胖女人蹲在地上，神情专注地侍弄着一堆红玫瑰。她把修剪好的放在身旁的一个藤篮里，地上已经积了一大堆枝叶，仍然鲜嫩，看样是要废弃的。我一阵心疼。我感到她是在剪掉我内心里一些什么，至于是何物，我一直没有能够想清楚。

黄昏时的行走

有一段时期，我喜欢独自飘游。这种方式暗合了我那时既灰暗又明亮的心灵。我想，它也构成了我与世界某种特殊的对应关系。有一天黄昏（我对黄昏的热爱真的到了一种病态的程度，我自己都感到匪夷所思），我漫步在郊外的有两条河流构成的一块三角地带上。河对岸有成片的杨树林，还有在低洼处形成的小湖泊和野苇荡。在我站立的左侧，有一座已被荒草淹没的窑厂的废墟。在我的右侧和身后，就是广阔的河滩和稻田。我注意到了在河滩上，散落着几座已被荒草和荆棘覆盖的墓冢。那时，一轮夕阳就悬挂在河对岸那片杨树林的树梢上。那时，除了我，四周阒寂无人。辉煌的夕照像一股激流冲击着我的心房。那时，我内心里竟没有丝毫的孤独、荒凉和恐怖。重要的是，夕光笼罩着我，我立刻感到肉体与灵魂于瞬间透明了，融化了。我即将走向黑夜，但也拥有了无与伦比的辉煌！我是那样坦然地在河滩上行走着。墓冢、裸露的棺木和被隔夜雨水打湿的花圈，我几乎视而不见。然而，这并不意味

着我那时的脑海里没有死亡的阴影。当我的目光与那些体现死亡的事物——尤其是与那个花圈触碰的时候，确实有一道冰冷如匕首的光芒划过心头的感觉。但是，我很快就释然了——原来死亡在某种意义上也是虚假的。花圈上的花朵只是刻意地模仿着那些有生命的植物。我不明白，生者对死者为什么是那样的吝啬？难道用纸做成的花朵就能够超度死者的亡灵？而那些毫无生命迹象的花朵真的就能够减缓生者的悲伤？我甚至怀疑生者的悲伤到底具有多大的真实性。我常常看到一些人在忙完了他们亲人的丧事之后，很快就回到了正常人的生活之中。你绝不可能从他脸上或身上看到某种哀伤的痕迹，就连套在他们手臂上的黑纱，也很快地被拿掉了。

看来，在我们生活的轨道上，伴随着我们运行的是愉悦和幸福，而不是时刻把魔爪伸向我们的死亡。由此，那些由生者制造出来的祭品，除了显示或渲染某种死亡的盛大和隆重，它们还能有多少意义呢？对于我而言，死亡就是一阵风，就是天空里迅速消逝的云影。我这种对于死亡的奇怪认识，可能在我的童年时代就形成了。如果是别人家在举办丧事，可能就是我与其他伙伴们的盛大节日；如果是我的某位亲人的去世，比如我的祖父。除了迷茫、麻木，我竟然没有丝毫的伤痛！我常常就是这样漠然地与死神擦肩而过。现在，当落日沉沉坠去，当空旷的河滩上弥漫起愈来愈浓的暮色，我内心里那种孤独的感觉倒是愈益强烈。我十分真切地感到，这个世界就要将我彻底抛弃。人就是奇怪，你一方面追求孤独，另一方面又对孤独产生莫名的恐惧。有那么一刻，我突然感到自己在这个世界上无所适从。这是一种致命的感觉，就像一种致命的飞翔！但是，我可以欣慰地告诉你，当我在行走时，或者当我内心的柔情就像无数双手指在抚摸着这个世界时，我的目光所触之处，是明亮的，是生机盎然的。它们必将给我以春天般的回报；从这个意义上讲，我们的生命中哪还有死亡呢？

飘　　散

　　很远地，就听到了一声召唤。那时，我行走在一片野地里。天空澄明，残缺不全的墙壁散落四周。偶尔，有凄泣的秋风缠绕其中。那时，我脚步匆匆，还来不及关注自己的心灵。也许我很悲怆。我的眼睛里常有浮云飘荡，这有可能验证了那个时代的氛围的个人心境。我看到天空渐渐变暗。在模糊不清的地平线上，一个马队出现。那散布着白色光芒的旗幡，又随着马队消隐于荒草之下。那是一种追寻死亡的仪式。我登上土坡，几只麻雀静寂无声。它们的沉默世上罕见。我的目光进了它们脚下的河流和村庄。因为一个必然的趋势，我的目光掠过另一个黄昏，触及了它们眼睛里的火光。我由此看到了一个布满粮食和锈迹的世界。它们飘浮在一个乡村贫穷的表面，不辨方向，顺流而下。浪花溅湿了我的文字。我是含着泪水听到那声召唤的。那时，我走下土坡，人类安息的土地上已是星光闪耀。

　　我也许太累了。我对自己说。

　　我需要梦境。那梦境之上的港湾温暖宁静。那腥甜的乳汁在港湾里飘洒流动。

　　也许用不着回首，我在夕光看到的身影，疲惫，拖沓。它与我的童年有关。我知道有人在时间里流浪，有时就是我自己。我随身携带的东西，无非就是水和诗篇。有时是一篇寓言。这些事物与人类的梦幻密切相连。那时我处在一片荒漠的边缘。内心焦虑无比，面部的表情却恬淡如水。许多人在一场风暴中落荒而逃。他们遗弃的辎重无非就是爱情的谎言，艺术的残片。没有人知道我在坚守着什么。我肯定被他们遗忘殆尽。即使他们在一场舞蹈的喘息之中提及我的逸事，然而他们世俗的言辞只能给我带来更大的伤害。我只能这样说，我从他们所拥有的目光中逃离了，逃离了那份喧嚣和浮华。我只身一人穿过寒冷的黑夜。孤独使

我产生莫名的愉悦。我在一条河岸上回望昨天。记忆里霞光纷飞，同时还充盈着烟尘和泪水。我不知道天地间弥漫的事物对于我意味着什么？我看到河水突然退去，一种似生命的真实，在河滩上裸露无遗。有谁能够阻止时间的消逝？生命枯萎了，消亡了，必以另一种形态逼向真理。那时真理的回声若有若无，成群的牛羊在我眼前奔突、跳跃。黄昏再次降临了。我的诗篇成为大地上残壁的见证，我有可能在梦中重蹈覆辙，但那毕竟远离了一场危险的游戏。一个声音对我说，你行走在春天的道路上，一朵悬垂的乌云注定成为你人生的暗影。

我能说些什么呢？我的诗篇里只有柳枝，一个唯一的春天的象征。但事实上它已经遗落了，它破败的身影毫无温暖可言，我也无法触及。它已成为记忆，在记忆中我有可能与它反目为仇。这当然很令人忧伤。我就是在这种情形下走向荒野的。我的确听到了一声召唤。但这种声音很遥远，显得极不真实。因此，在一段相当长的日子里，我的心里充满疑惑，目光也变得非常冷漠。河流从我的梦幻中改道了。它流向了虚空与黑暗。我只是隐约地听到了一尾红鱼的鸣叫。

那一年，我的冥想失去意义。我内心的躁动已告结束。我独坐室内，目光茫然。我只是看到窗外的阳光动荡不安。它温暖的双足从灰暗的天空中一闪而过。后来一切都飘散了。

别人的城市

走下公共汽车，我原先存在的那个空间，毫无疑问地已被置换。说不出来我的心理在这个被置换的过程中，已发生了怎样微妙的变化。也许内心里那份坦然，是伴随着一阵小小的不安而悄然来到的。当车门打

开，这一切遂告终止。终点站，意味着另一种生活的结束和开始。这种感受来自于我的双脚在踏上这片土地的那个瞬间。千篇一律的混凝土路面。路面上阳光明亮而又汹涌。早有三轮车夫和卖饮料的女人们拥上来。他们的吆喝声嘶哑而又乏味。我本能地摇头。也许现在还不是时候，我首先必须进入候车大厅。除了小憩片刻，最重要的是使自己不致迷失在这座城市里。我买来一份本市地图。煞有介事地查找着。我要行走的路线，我所要去的地方，便很快地成竹在胸。

走出候车大厅，我才真正地感受到这个城市跳动的脉搏。它们由并不陌生的广告牌、道路、树丛和各种建筑物组成。不同的是，你并不知道这条路要通往哪里。在踏上这条路之前，你可能要借助地图或其他途径，来获取这条的指向。常常有一些人肩挂行囊，怀揣地图，一边东张西望，一边又急急地把目光定格在手中的地图上。你一看就能确定他们的身份。一个城市有一个城市的秘密，它们就掩藏在一种令人似曾相识的格局之中。只要你来自外地，你永远都是这个城市的陌生者。即使是一家商业气息浓厚的店铺，多年之后在你的记忆中，仍然会保留着某种挥之不去的印痕吗？而城市真正的印记，则在于它们的与众不同。它们通过街道、剧院、公园、民居，甚至人们的服饰和语言，来向你展示他们的文化意义。

现在，我以徒步的方式，来穿越这个城市的一条街道。我走得很慢，心情是愉悦的。有时一个女孩会莫名地投给你一个友善的眼神。我当然要颔首并报之微笑。我从来都是一个城市的旁观者。对一个城市的审视，除了感官上的愉悦，可能会给我带来意外的收获。比如，这个城市的历史遗迹。它的昨天会是一番什么样的情景？它为今天留下了一些什么？在一个日益繁华的城市里，一件青铜器的身影、战国时的马鞍，还会在我们眼前重现吗？我得承认，我对一个城市的历史，有着近乎病态的渴望。我穿越这条街道，就是想直奔这个城市的昨天。

在那条街道的偏僻之地，我终于找到了历史上某位将军的故居。但是这个故居并没有得到很好的修缮。它凋零而又破落。院落中的一棵柏树几乎枯死。一位黑瘦的老汉从屋子里走出来，他疑惑的眼神一直在我

身上游动。他终于忍不住地问道：你找谁？我摇摇头，我感到心中一片茫然。至此，我十分悲壮地在内心中给自己的那种欲念画上了句号。午后，当我乘车返回时，我在心里自问，这个城市与我何干？有谁还会记得一个外来者，在某一天他的身影曾经出现在这个城市的某条街道上？

幻化穆墩岛

　　假如我没有应谁召唤而来，假如湖水环绕的只是我脑海里一片虚空的想象，那么我现在所面对的空间肯定没有什么意义。我意识到脚下的土地是孤立的，或者正被一片大水所托举。托举需要的是信念和意志。我想上苍已把数千年来凝聚的力量转交给我了。脚下的泥土发黑，有一种釉质的质地。它们是松散的，一堆一堆地仰望着苍穹。它们散乱在房子和水塘四周。这有一种历史被松动的感觉。哦，原来是这样！一位挎着海鸥牌相机的女孩发出这样的感叹。我理解她的感叹。这也不完全是我想象中的岛屿。这与我朋友神话般的描述也相去甚远。真是眼见为实啊。她也是初次光临。女孩子的幻想更接近天上的云朵。这对于我并不要紧。我对这座岛屿有着别样的理解。

　　众人向岛内进发。刚刚下过雨，道路是泥泞的。大伙在艰难的跋涉中，我没有听到谁发出过怨言。他们在鱼塘附近发现了一棵与众不同的树。他们很惊喜地端详。有人为它拍照，有人为此发生了争论。一个人说它是一棵胡桃树，另一个人就说它是一棵酸果树。争论的焦点是那上面结着不知名的果实。圆圆的，很鲜红，只有表面薄薄的一层可食。有人摘下来尝了。说很甜，汁液也不少。这种树我其实并不陌生。我想起了我童年的居住地，在一片广阔的河滩上，这种树一棵挨着一棵。满树

的红果，非常的灿烂。但它叫什么名字，我却是实在想不起来了。我错过了一个为众人指点迷津的好机会。好在众人只是说说而已，我也很快地释然。我其实喜欢一切事物的深藏不露。后来那个挎着相机的女孩走过来问我，你知道这岛上什么时候有了人居住？我茫然。

我踢踢泥土。泥土有些温热。我能感觉得到。湖风吹过来，暖暖的，似乎带着一股地气在上升。关于这个岛的历史，我只是一知半解。但它们肯定沉积在泥土之中，湖风是吹不散的。有关这个岛的传说，它早就盘绕在我们的心中。我们正是为它而来的。我站在一座土堆上，我一下就意识到这里可能就是古人遥指泗洲城的地方。这座意味深长的土堆，似乎暗示着我已走进了一个岁月久远的空间。它广阔、凝重，蓄满了滔滔洪水、喊叫以及城门前一个石狮子血红的眼睛。在这样的时刻，我的心仿佛被什么挤压或重叠，耳畔也响起了一片嘈杂的声音。我看到岸边的浪花向我扑来，继而被放大。水雾苍茫，一座城池出现。弯曲的巷道，林立的店铺，在暗中闪耀着光芒的钱币……它们在我眼前逼真地呈现，又很虚幻地坠落、消散。我听到了历史的喊叫与倾诉。那个女孩推了推我，她好像要把我从睡梦中推醒。她说，咱们向岛内更深处走去吧。我摇了摇头。我想，我已被一种虚幻的往昔攥住了。我只能停留在我的幻想之中。

她在太阳升得很高的时候回来。她带来了岛内陌生的气息。我看到她的肩头上还沾染着一些淡黄色的花粉。她始终微笑着。看来她很兴奋。她从包里拿出一些石块、瓷片、贝壳。看来这些东西都是她的宝贝。她特别拿出贝壳在我眼前晃了晃。那炫耀的意思很明显。那贝壳是白色的，有水一样的波纹。我接过来，在手里掂了掂，感觉它很沉。她目光灼灼地望着我，她没有问我什么，但显然她想把更多的疑问交给我。关于这个贝壳的来历？甚至这座岛屿的沧桑变迁？我当然不得而知啊！她爽朗地笑了，又推了我一下说，咱们走吧。她的笑声似乎化作一片蔚蓝的湖水。

关于一个早上的遐思

在一个万物苏醒的早上，我突然想到我该面对什么了。这个念头潜伏在心里虽是由来已久，但闪现于这个早上却还是第一次。首先，昼与夜永无休止的轮转，并没有使我的思绪陷入停顿。我的耳朵也在它们的轰鸣中变得更加灵敏。还有我的眼睛，对两种色彩的吸纳与分辨，更是达到了惊人的程度。在一般情况下，我不屑于将自己的脸庞贴于时间的母腹之下。这并不是说我要拒绝一种温柔。而实在是怕被记忆中的事物击伤或俘获。其次，我内心激情的火焰，与一朵花的光芒相互照耀就是明证。有人说，死亡是世界解不开的锁链。然而他忽视了人和其他的事物对生与死的依恋和僵持。尤其是我们内心的激情、生命的缤纷，它们将构成一幅怎样的图景？这也很可能就是我所要说的面对。

真正的情形是，我们的一生中有许多这样或那样的面对。当生活变得扑朔迷离，或者你突然无法驾驭自己的命运，你将会如何面对？毕竟，剑拔弩张的时刻并不是生活的全部。生命中的对抗大多都是润物无声。这很可怕吗？不，可怕是我们纵容了自己对时间的漠视。它集中表现了我们某种行为的乖张和对一些事物的满足。当一列火车呼啸而至，你可能首先想到的，就是它对于空气的撕裂和它过于强大的冲击力。但是对于一个幻想主义者来说，任何强大的事物都仅仅只是相对于一个空间而言。离开了这个空间，火车可能就是一个玩具或者是一堆废铁。

有一年夏天，很可能是一个早上，这个美妙的时刻使人心情舒畅。它直接引发了我对一朵浮云的思索。这个早上，我对它已经凝视很久。我的想象好像在瞬间蓄满了力量。这的确有些不可思议。它使我的思维跳跃、夸张。它直接使我的言辞发生了奇妙的变化。你以为我会对云朵有一番透彻的描述。不，这仅仅是问题的表面。你无法相信一个人和宇宙间的事物，会在内心获得那样完美的统一。应该说明的是，我的视角

在那个早上悄然发生了移动。它导致了一些事物的玄秘与深奥。因为在那个早上，人投向天空的目光，究竟有多少是理性的，实际上我不得而知。让我感兴趣的是，在浮云和我的眼睛之间，还有什么更实质性的东西存在着吗？这时候我又想到了那一列呼啸而至的火车。如果它穿越虚空，它遭遇颠覆的命运，其实并不被我的幻想所支配。问题非常清楚，在艺术中，我们往往更加热爱荒谬和虚假的真理。我突然想起了罗兰-巴特，他蔑视激情的确令人吃惊。但我也体验到了那种无序的喜悦。

我想我应该回到那个早上，霞光扑面而来，浮云消失了，但我内心平静如水。我在纸上写下这样的文字：世俗的方舟沉没了，但人的心灵上的方舟则刚刚诞生。

穿过午后的长廊

并不是每个午后都令人慵懒或厌倦。如果你从一次很长的睡眠中醒来，那么你身上积蓄的能量一定会帮着你谋划着什么。目标一旦确定，你一定会付诸行动的。这种情形每个人大致都经历过。不过，也有目光茫然百无聊赖的时候。这种忧郁的心绪大约都不会持续很久的。你肯定会通过什么方式去排遣它。比如说，你会打开窗户，深深地呼吸几下被阳光烤得有些灼热的空气；再就是，你把目光交给窗外的大地、树林或者河流。一次熟视无睹的瞭望，可能不会使你的心境有太大的改变。即使你全神贯注，就说是在阳光中翩跹起舞的蝴蝶吧，横亘于你思维深处的围墙也不一定就能够打开多少。心灵的启动需要强大的动力，那些微小的事物不足以使你心潮涌动。然而那种无助的时刻也不会持续太久。我该做些什么了。你在心里面说。

　　你走下床，穿衣，穿鞋，洗漱。你对着镜子梳理着，把自己久久地端详。好像镜子里的那个人跟你有些陌生。在最初的几分钟里，你并不知道接下来自己该干些什么。你有些发怔，心绪苍茫得很。后来你在室内踱步，目光四处逡巡。你这样做当然是为了拯救自己。这和干裂的土地等待雨水的滋润没有什么两样。好在你的房间里总有你感兴趣的事情。在我看来，能够使你眼睛一亮、精神为之一振的事情，除了书，还能有什么呢？

　　我大约经历过无数次这样的情景。四周静极了，午后的阳光直扑室内。我想此时的世界因困倦而无力发出声音。我就是从这场深深的睡眠中回到了这个世界。你可能看到了我内心的无限澄明，仿佛是天空折射的光影。一只帆船适时地出现了。它的船线是我留给这个世界的道路。它所驶向的目的地一目了然。我内心的航船就这样驶进了书籍的港湾。在那里，我的内心获得抚慰或休整。在这个有些沉闷的午后，我在想象着那些文字的海洋中，有一团火焰是否正在燃烧？它纯粹的光芒不止一次地令我怦然心动。这就是文字所给予我的至深情境。

　　本世纪末的最后几年里的一个午后，我从一次常见的睡眠中醒来。我手中的确在捧着一本书。是《红楼梦》、《百年孤独》、《城堡》，或者其他什么书，但这都并不重要。那时我还躺在床上，侧身面对墙壁。这种阅读姿态，使我的躯体成为墙壁上一道峰峦般的投影。我的书本时而明亮，时而阴暗。我知道，那是阳光移动或者是我变换身体的结果。渐渐地，我的目光有些迷离。那些文字开始跳跃、闪烁。我意识到自己和某些文字已经融为一体。泪水不禁夺眶而出。一种似曾相识的往事穿过我的记忆。我似乎被一阵敲门声惊起。我打开门时，外面的世界依然寂静如初。

　　在那个遍地阳光的午后，我终于放下书本，甚至还伸了一个懒腰。我的阅读遂告终止。这是我生命链上的一个休止符吧。那时我边下床边想，我该做些什么呢？仿佛读书并不是干什么的开始。在那些平淡无奇的午后，我离开家，或散步，或骑车远行。而我常常要去的地方，是一片十分开阔的草坪。那时已接近黄昏。大地被染上橙色的夕光。一个放

风筝的小女孩从我身边跑过去。她的欢笑声使玫瑰色的空气如水一样地波动。我的散步似乎从童年开始了。一种真正意义上的行走，应该涉及童年的记忆。你或许在想象着你的人生的源头，是否始于一次行走？事实上，人在各种心境中梳理着人生，正是一场散步的开始。

有一天，我在草坪上和一位友人不期而遇。他是个青年画家。于是，在我们的散步中便有一种形而上的意味。那是一个在我们的言辞中反复出现的事物。空灵、飘逸，有时充满玄机。他提到了凡·高、阿尔特多费尔、委齐奥、卡拉瓦乔，还有塞尚。他说，人类的艺术都是悲剧和孤独的种子。我似懂非懂。我久久地望着他。他的脸上有一种孩子般的纯真，却又有着历尽人间风雨的沧桑。他眼中的夕晖苍茫而又凝重，仿佛暗示着某种事物的神圣和不可知。他又说，艺术是穷人眼中的稻草人。我仍然似懂非懂。后来，我目送着他渐渐远去。我想，我是在小心翼翼地穿过一条无人走过的长廊吗？这时，天空飘荡的风筝已经所剩无几。孩子们仍在远处奔跑着。后来有人问我，我一直对那个午后的事情缄默不语。我知道，穿过一道长廊，我人生的季节又要重新开始了。就像一个人永远不能够找回从前的时光。

第七辑

手指上的重量

五台山南路

　　黄昏时桔红色的光线总能够给这条街道带来一份安详。一连数个月的傍晚，我下班行走的路径突然有了改变。仔细回想，可能与我的心境近来渐渐好转有关。我这个骨子里总是会藏着一些很浪漫的东西。其实也就是在整天的忙碌中，偷闲给自己的身心放松一下。我总是毫无道理地喜欢黄昏。我从不想将这个时间点与某种社会属性很牵强地联系在一起。这个时辰对于我绝不会有其他的想象。我十分乐意将自己沉浸于一种现时的情境之中，而那些已走向日暮之人，与我能有什么关系呢。那一天，实际上我并不记得是哪一天。我觉得这种过于庸常的表达，是唯恐会给别人带来不胜其烦的感觉。这样说吧，我每天行走的路径是固定的。这样的往返和一部机器的运转会有什么两样呢？两点一线，这是当代人最典型的生存状态。可是我偏偏喜欢傍逸斜出。一棵孤独的松树枝突然挣脱它同伴的簇拥，它的背景会衬托出一片很蓝的天空，这样的情景我是喜欢的。我觉得在一个人的大脑中，总会在一天枯燥无味的时光中去接受一些令人愉悦的信息。否则，一个缎面般那样平滑的生活，可能比跌入一个噩梦不断的夜晚还要可怕！

　　现在来说说那个街道吧。

　　在我们这个小城，所有的街道都和这个熙攘的世界没什么区别。它们在考验人们的耐心和心智。你别以为在一个繁杂的城市背景中生活，会需要承爱怎样的屈辱。那些此起彼伏的喧嚣，突然降临的车祸、那些

城管和小贩猫捉老鼠所上演的生存游戏以及被一阵风旋起的纸屑、塑料袋等等，这些都不会阻挡你出行的脚步。那天，我在一个没有红绿灯的十字路口拐了一个弯，径直向南。我的出行工具——一辆很有些沧桑味道的电动车，带着我和它自身所发出的某种病态的响声，其实它的响声混杂于城市强悍的噪音之中，如果不稍加辨听，就连我自己也是感觉不到的。那天——我后来极力想回忆出一个具有转折性意义的事件，几乎使我陷入一种徒劳的境地。我想我这种笼统的指称，还是说明自己并没有挣脱出那种惯常的表达方式。但是黄昏这个具有暖意的时间节点，还是让我想起来了一些什么。我记得当时在那个十字路口停了下来，不是我一个人，而是所有的行人都停了下来。一个庞大的车队正从我们面前横穿而过。车队悄无声息，（他们没有鸣笛），行人们则是用一种淡漠的目光打量眼前的一切。按常规的行走路线，我应该一直向西的。但是车队过后，我并没有和众人一起快速穿过马路。那时黄昏的光线被一幢淡蓝色的楼宇挡住。只留下尾巴似的一抹还徜徉在一个广告牌的边角上。说不定就是那一抹光线触动了我。我开始掉转车头，向南驶去。

这个横贯南北的街道叫五台山南路——我都羞于提起这个路名。这个舶来的路名，早就引起当地有识之士的愤懑与非议。其实这条其貌不扬的街道也有它的特别之处。除了人们常见的商店、旅馆、棋牌室、饭店，还有一家养老院和公安局拘留所。它们只有一墙之隔。面向养老院的那面墙，被人们精心地装饰过。墙头上筑着一溜紫红色琉璃瓦，而粉白的墙面上则画着一幅山水风景画。在我这个外行人看来，这幅画还是略显粗陋了。首先是它的过于礓硬的线条，就没有什么美感之言。我经常看到一些从养老院里蹒跚而出的老人，他们在看到那幅画时便驻足观看，一看便是好久。那时我也是一个看客，老人看画我看老人，说不定还有人在不远处看着我呢。这很有些螳螂捕蝉的味道。一个奇妙世界的勾连，让你置身其中，又往往让你浑然不觉。我先是在心里头发笑，紧接着我就笑不出来了。心酸。那种感觉在我掉头而去时往往好久不曾消失。

在这个人来车往的街道上，拘留所戒备森严的围墙（那上面是一道

密实的铁丝网），几乎就贴着用条形砖铺就的人行道。我也在那个人行道上走过几回。工作之余，我就是个闲散之人，我经常在那高墙下面行走，似乎特别能感觉到一个人自由的可贵。那拘留所电动门则是经常打开的。有时门前空无一人，而那敞开的门几乎长时间的并不关闭。有一天好奇心驱使我停下来，探头向传达室里面张望。因室内幽暗，张望了许久，才看清一个穿制服的中年保安正伏在桌子上面打着瞌睡。有一天晚上，拘留所门前围着许多人，路旁还停着三五辆高级轿车。人们在叽叽喳喳地议论着什么。一个穿着妖艳的年轻女子，在人群中格外醒目。她情绪看上去很激动，做着激烈的手势。众人都围着她，那的确是众星捧月的架势。一时有些道路堵塞。一些往来车辆只好拼命鸣笛。我看了一会就离开了。想必，围绕着拘留所，一定发生了一个精彩的故事。但是这个故事与我有什么相干呢？

在拘留所对面，就是一个新建的广场。广场还算漂亮。差不多每天下班后，我都要在这广场上逗留那么一会儿。夜晚即将来临。新铺的草坪，在夕照中有一种罕见的安宁。无需缅怀什么，更无需对着这个世界道出你心中的秘笈。灯光飘忽，在稀朗的松柏中秘而不宣。我恍若看到广场的设计者向我走来。这个城市的梦想也似乎在顷刻间呈现。

在故土上回望

在我二十岁之前，我对故乡的认识是很模糊的。故乡就像我认识的一个人，他行走在我的记忆中，我们彼此没有牵挂，没有铭心刻骨的东西，更不存在因果关系。到了三十岁时，事情发生了一些微妙的变化。我觉得故乡很坚硬。是那种骨鲠在喉的感觉。同时，我觉得故乡又很柔

软。它不经意就出现在你的眼前。它的笑容不经修饰，有泥土的味道，有野草的清香。有一天，我突然悟出，故乡就在你的背上。不管你走到哪，故乡永远会跟随着你，如影随形。还有一天，我突然感到故乡这两个字是何等的沉重。有人说过，没有故乡的人，是可耻的。那天，我的内心好像五味横陈，更好像是一个正被逐出天堂的人。我被眼前的一幕惊呆了。五六辆推土机正在隆隆作业。我曾经熟悉的村庄，早已成为推土机下的残垣断壁。那天，我默默地离开了。我不是一个多愁善感的人。惊呆，可能只是我对自己的内心一种很矫情的描述。实际上，那片土地已经和我没有任何关系。故乡和它的身影一起消失了，它被新的世界所替代。一群外来者在这片土地上定居下来。他们操着各种方言，打着奇怪的手势，甚至用陌生的眼神看着你。谁是外来者？答案就在他们的目光中。被质疑的世界，被审视的良知，已被他们在心中堆砌成一个崭新的道德高地。被颠覆的记忆，只能从时间的深处隐约地听到哗哗的流水声。选择离开，或者逃离，不能说明你已经背叛故乡。就像一场暴雨突如其来，淋湿你，或者从你的头顶倾盆而下。你将要凝滞的血液将会和谁一起奔流呢？那天，我在一条河流的岸边守望。故乡唯有未改变的就是那条河流。它指认了一种存在，但它又进一步证明了故乡的灵魂在瓦解、在分化。残存的石磨已被新鲜的泥土掩埋。它或许指认了我童年的欢乐、忧伤，或者我在那个时代所留下的印迹。但是它同样在磨灭故乡的肌体和血肉。我看到一棵枣树在河流的臂弯处。它孤独，沉默，就像沉默的大多数。我和它保持一种时空上的距离，无所谓渺小，更无所谓空阔、或者遥远。它曾经是故乡最显著的形态。它精神的内核是我们那代人的归依和影像。如今，它正在逃遁或自我消失。这是逼迫自己退出历史舞台吗？20年前，我在一次回归故土时突然想到一个词语，那便是消失。那时我可能并没有什么触景生情之类的感叹，抑或我看到一只鸟从我眼前一掠而过，也并不能证明它和消逝的事物有关。总之，我的眼前莫名其妙地出现了一个消失的情景。它是凭空的、它只能表示一种意念于刹那间产生。接着我感到眼前的景象在旋转，在摇晃。我没有去深想它会预示着什么，我知道即使一百年后，太阳仍然会照耀这片土

地。如今，我的眼前还剩下什么？过去的情爱、恩怨，还有什么去值得你去回味，去咀嚼呢？在我的小说中反复出现的人，你还能辨别出他们的面孔吗？我不知道自己为什么喜欢一个季节，那便是秋天。我在万物凋零的秋风中行走。脚下堆积的落叶，仿佛隐藏着一颗强劲的心跳。你永远消除不了一种回归泥土的梦想。它将在泥土中完成再生的时间之旅。我就在那片丛林中回望故乡。故乡将在时间的长河中重生。我两手空空。我背上的行囊已被我丢弃。河边的枯草或许将告许我祖辈的遗骸所埋藏的位置，那棵在余晖中孑然而立的枣树，它的沉默就是对故乡最好的诠释。我回身遥望来路，怅惘，欢愉……犹如浮云隐现。我听到了秋天的鸣响，那是对我脚下的故土最好的回应……

海 之 韵

在岩石与岩石之间，我发现了大海的秘密。它残存的力量是海水昨日的回响。这可以从岩壁上寻找到它们的踪迹。我看到了岩壁上时光留下的伤痕。它们只能无声地诉说。用突出海面的凹陷的臂膀。它在大海的记忆中或许是永远的伤痛。海水在一个夜晚退去了。它丢弃的辎重是大海本身的疆土。是它昨日的光荣与梦想。我来到了海边，我来到了大海昨日的家园。这是人对一种历史的侵占。我知道大海在远处窥视着我。它们的喧哗既是抗议，也是无奈的呻吟。夜色渐渐降临，夜色中的海风是大海最后的呼吸？我不相信大海的遗骸就是海滩上的贝壳？当死亡的足音去追逐着大海的脚印，是谁在海滩上哀鸣？辉映着落日的泥沙渐渐凝固，海鸟渐渐迷失在弯曲的海岸线的上空，搁浅的鲸鱼于昏迷中还在做着它的美梦……我相信这时候沉默的是岩石，是岩石下面柔软的沙砾。沙砾是晶莹的，带

着海水的微凉与体温。我看到远处有一片帆影。它是凝止的，带着时间遥远的记忆。海鸥的鸣叫有些突兀。它打破了天空和大海已有的格局。我看到大海成为天空的镜像。岛屿、礁石甚至摇晃着海平线的神灵，它们重新集聚、离散，向往着史前的寂静与芬芳。海水发出怪异的嘶叫。海浪于瞬间托起我的梦想。海风撕扯着我的思绪。我低首看了看手掌上的纹路。我担心大海的儿女已迷失于我的掌纹之中。我还在沉思，海风不断地掀起我的衣襟，我的确想重新阅读大海的编年史。只是我衣襟上的文字已渐渐消失。人类的悲哀是自己的梦魇，大海的悲哀则是陆地的禁锢。海浪在晚风中举起手臂，它的跌落与起伏，是一种诗意的境界。而它的笑容是多么的明净，它静止在一幅画中。近似于抽象派大师的一次梦呓。我裸露的腿上曾有它的遗痕。那是海水充满爱意的诗篇。我一直在想，海湾、渔港、堰坝上的风向标，它们都从我的心中缓缓升起来，让我记住回家的路，那是生命的悲怆和爱之路啊……

住在乡下的父亲

　　父亲在退休前是某单位会计。他退休时没有赶上评职称，因此他退休后的工资是很低的。和他同在一个单位的开车师傅，仅仅比他晚退休两年，工资就比他高出近两百元。父亲把钱看得很淡，他对此没有半点儿怨言。每当母亲唠叨起这件事时，他总是说，你干吗要和别人比呢？咱们不是没比别人少吃一顿饭吗？父亲退休后没给单位领导添麻烦，卷起铺盖就回了乡下老家。老家的房子又破又旧，他就利用他那有限的退休金，把房子重新修缮了一下。他和母亲从此再也没有挪过窝，在那房子里一住就住了二十多年。

　　按说父亲手里头应该有些钱的。随着这些年来的工资调整，加上老两口又是非常的节省，他们在城里买一套商品房应该是没问题的。但是他手里硬是没有多少余钱。我们兄弟四人都住在城里，每人的经济状况虽然不尽相同，但每家都有一本难念的经。就说我本人吧，我爱人在上世纪九十年代初就下了岗。我所在的单位又适逢改制，经济收入也是每况愈下。但家里的支出却是一样也不少。仅孩子上学和买房子，父亲就贴补了我近两万元。有一天母亲悄悄告诉我，你们兄弟四人哪一家贴补得都不少。我感到非常吃惊。

　　说起来别人可能都不太相信，父亲从没进过超市。自从我们这个小城里有了超市，日常用品我几乎再没上别的地方买过。有一次我从超市里买了一大包东西送给父亲，他看着那些包装精美的物品，忙问我是从哪里买的，当他听说这些物品来自超市，他很吃惊，他把超市这两个字在嘴里重复了好几遍，好像他是第一次听说有这样的场所。第二天，他到单位里来找我，他说通过对比，他发现超市里的东西比其他商店里的东西要贵多了，并责令我今后不要再到超市里买东西，弄得我哭笑不得。

　　今年五月，父亲因痛风病复发住进了医院。半个月后，我把他接到了家里小住。他望着我家里一尘不染的木地板，啧啧嘴说，就是过去的资本家也住不上你这样的房子呀！我说，我这样的居住条件在城里只能算是中等水平。他说，你应该知足了。可是，住了没几天，他嚷着非要回到乡下。我问为什么，他说住在城里头不习惯。看着他坚决要走的样子，我没有再执意挽留。我把他送到车站。当客车快要启动时，我发现父亲望着我的眼神充满了无限的眷恋。我似乎突然明白了什么，两眼不禁潮湿了。

手指上的重量

　　每个人都有一双手。每个人都见过无数双手。有的白皙，有的黝黑；有的粗粝，有的纤巧。自人类挥手和动物们告别之后，人类的历史和智慧就在我们的手指上诞生了。我们可以从一个人的手指上测得出时间的重量，我们也可以从手指的纹路上，寻找到一个人心灵的家园。诗人徐志摩挥挥手，就可以告别满天的彩云。《千手观音》让人看到了手指上的万千气象。人们形容一个女子的聪慧，不说她眼睛如何明亮，也不说她如何能歌善舞，而是说她是怎样的心灵手巧。如此看来，在心和手之间，肯定横卧着一座看不见的桥梁。人的思想和智慧太过于玄奥和抽象，我们唯一能感知和看得见的，便是手了。如此说来，一个人的手就是心的使者了。你的品性是否让人不屑，或者是否让人钦佩至极，那就看你如何去做了。而手就是"做"的最直接的体现。

　　五月二十一日，有一双手意外地进入了我的视野。他叫吴维春。一个五十多岁的汉子。他很普通。一米七几的个头，脸膛黧黑。他眯着眼睛对你微笑，神情敦厚，甚至还有几分木讷。他是一位交警。透过车窗，我们老远就看到他站在那儿指挥着交通了。他的身姿笔挺，一招一式既规范，又有几分迷人。这是一位训练有素的交警。据随行的县公安局领导介绍，吴维春自调至交警这个岗亭上，一站就是十一年。不错，人是站立的，但是你要是在那儿站成一道城市的风景线，那就相当的不易了。

　　他摘下白手套，和我们一一握手。他的手掌也是黝黑的。我注意到他的手指有几分纤长，但充满着骨感。仿佛那手指上能够承载着一座山的重量，我一下就想到了举重若轻这个词。我们和他相握的时间也许很短，但我们却分明感受到了他手上的温热。这种温热有几分力度，几分绵长，让人一下就想到了冬天里的一堆篝火。火光映照在我们每个人的

脸上。慵懒和恢足的神情，也许是每个人幸福情景的生动写照。让咱们讲一个故事吧。有人提议。那么吴维春的故事是什么呢？

按照规定，像他这样年龄的人，早该"下岗"回家享清福了，可是他偏偏没有。让人感到震惊的是，他竟然是装着心脏起搏器在工作的。如果说人的心脏是一台机器，那么他手上的"重量"就要靠两台机器去运行了。也许没有谁去做过统计，他一天下来要重复做过多少个动作，要指挥着多少辆汽车。这绝对是一个累人的活儿。我猛然想到阳光是有重量的，雨水是有重量的，风也是有重量的。风可以化解一座山，水可以洞穿一块石头，那么时间呢？无疑，时间是强大的。在时间面前，任何生命都是随风飘零的秋叶。你看吴维春，这位普通的汉子硬是和时间较上劲了。他把起搏器置入体内，这就意味着他生命的篝火将再次燃烧起来。于是，他手上就有了"重量"。他把这种重量给了道路，给了车辆，给了一种秩序。我看到他的手掌划破空气，阳光在瞬间被撕裂或者迸溅。那是一股看不见的气流，在迂回和激荡。你说，这是一种怎样的气势啊？据说，全球因车祸所造成的伤亡人数，相当于第一次中东战争。假如没有咱们这些马路天使们，那后果又会如何呢？当我看到吴维春这双手，我真的是感受到了来自他手指上的重量。

吴维春，请让我以生命的名义：对你的手表示深深的敬意！

被灵光照耀

四十多年前，我出生在一片陌生的土地上。江水拍岸的涛声，可能在刹那间撞击着一个幼小的生命。我不知道一个婴儿嘹亮的啼哭声，在那个还很寒冷的晚风中已经持续了多久？五十年代末的中国城市，也许

都难以挣脱它由来已久的灰暗与陈旧。在我的眼神还相当迷蒙、还难以辨清这个世界面目的时候，我当然没有看到古老的城墙上那一株在晚风中独自摇曳的野草，但这并不妨碍我在四十多年后的今天对那座城市的想象和遥望。当母亲在多年以前的一个月色溶溶的夜晚，或者是在一个太阳朗照大地的白昼，她有意或无意地告诉我：你出生在南京……她神态安详，语气和缓。她显然只是不经意的言说，或者只是在向我指出某种事实的存在。而我显然早已忘记了当时的具体情形。比如母亲当时正在做些什么，房间里的光线是否柔和或黯淡，等等。我想最有可能的情形是，我只是平静地抬起头来，用同样平静的眼神望着她，仿佛她所讲的事情只是一个时间久远的故事，和我没有半点儿牵扯。然而在后来的岁月中，一粒沉寂多年的种子在我心中悄然萌发了，那座城市也随之在我心中蓬勃生长起来，并且已在冥冥之中改变着我的性情和命运，尽管如今我只能算是那座城市的匆匆过客。在很多的日子里，当我独处冥想时，我并不清楚从南方飘来的缕缕雨丝，是否在浸润着我的心灵？但我知道——无论如何我是多么不愿意把内心的隐秘告诉别人，但是一个不争的事实我是无法回避的，那就是我始终自作多情地认为自己早被六朝古都的灵光所照耀。我在许多简历中都写道：石岸，原名石绍中，某年某月生于南京……这种多么庸俗的对某种文化源地的依附或认同，当然意在表明自己另一个与现实生活无关的文化身份。即：我是一个写作者，一个身处社会生活边缘的作家。

也许我是一个不该来到这个世界上的人。当我身处襁褓之中时，疾驰的火车轰鸣声，并没有惊扰我在酣睡中的美梦。谁知道我做的第一个梦是与艺术有关呢？母亲曾经告许我，就在那次离开省城的列车上，因为她的疏忽，刚刚出生十五天的我，差一点被层层包裹的被褥捂死。古人云，大难不死，必有后福。宽泛一些理解，人活着就是福。这是古人对生命的充分尊重。但我感觉自己活着并不幸福。如果那次我的生命早早地谢幕，我想我是不会怨恨母亲的。我常想，我能够给这个世界留下什么？牧师在引领着人的精神世界，而我在引领着谁？弗洛伊德把艺术看做是人的白日梦，是人幻想的呈现，而维特根斯坦认为，艺术则是人

生活中的一种语言游戏。其实我们谁都逃脱不了人生的游戏。只是我在精心地构筑着那座精神家园时，我是否想过它在时间的风雨中还能够支撑多久？我在电脑键盘上敲下的这些被世人不屑一顾的文字，是否都是我一个个梦境的再现或记录？它们完整或破碎，但是谁能够从中看到生活的折光和人性的投影？其实，上帝把我带到世上，就是要让我走不出那些光怪陆离的梦境。我所目睹的，总是生活的背影，或者是这个纷扰世界的反面。我像古人那样挥舞着箭镞，但我能够刺穿生活的帷幕吗？也许，在我的人生帷幕缓缓降落之际，我想自己留给这个世界上的那些文字，也应该和我的生命一同化为灰烬吧。

　　我至今没有皈依上帝。闲来无事时，我喜欢翻阅《圣经》。那上面说，上帝很后悔造人，因为人终日所思尽是邪恶。于是他使天地间洪水泛滥，并命令挪亚造一个方舟，除挪亚的妻子、儿子、儿媳，凡有血肉之活物，只允许雌雄两种带进方舟，好延续其生命。这样看来，上帝还是很仁慈的。人类的记忆之链因此没有被一场洪水而阻断。有人断言，艺术就是人类记忆的产物。此言我信矣。我这个人并没有多少天赋。我想我那些小说，或许是我秉承了先人的梦想，或许就是我人生记忆的演绎。它们复活于某个特定的瞬间，在我午夜醒来时被我偶尔记之。如果有人在生活中为此寻踪觅迹，又恰好多少有些"吻合"的话，那么我只能一笑置之，或者轻轻地告诉你，那真的是纯属巧合。最后，请允许我引用源自博尔赫斯《布宜诺斯艾利斯之死》中的诗句来结束我这篇文字：花朵永远守望着死亡，因为我们人类永远都不可思议地懂得它沉睡的，优雅的存在……

重现的时光

我喜欢倾听时间。

我不喜欢钟或者表发出的那种嘀嗒声，来作为时间流动的参照。它们是机械的声音，充满'硬性'的约定。除非我把日常生活拧紧发条……因为要匆匆上班或赶车，我才会循着它们找到时间的坐标。而被机械扯动的时间，肯定有一副冷酷的面孔。你只能生活在此时，而无法进入彼时，即使你已经进入，那肯定有一种时间是不真实的，或者是已经消逝了的。你得靠记忆重现它们，而记忆并不可靠，因为记忆之月已被时间剥蚀。面目全非的昨天，还有你完整的身影么？而我喜欢倾听的时间，就不是这么回事了。

准确地说，我倾听的时间没有声音，它本是宇宙的一种存在形式。人类把时间弄出声音，虽说是人类文明的一大进步，但也说明人类还存在着残缺。我们是靠着声音的拐杖，才能够找到时间的家园。当然，上苍配置给人类的一颗头颅，并不是作为世界的装饰物来使用的。它有思维，有思维就意味着能够幻想，可惜许多人不去开发这一领域，他们有意或无意地让幻想之树枯萎了，或者让抛荒的土地上长出枯燥乏味的野草。由于多年来我行走在充满诗意的语词之中，更是由于我对万物之美始终如一的处心积虑，因此上苍似乎格外地恩宠于我，让我幻想的羽翼丰满、有力。而当我手持烛火，行走在语言幽闭的甬道之中，我确实看到了被时间照亮的事物。它们整齐地排列着，纯美而又空灵。我用目光去触碰它们，它们就会发出溪水般清晰的流动之音。当然，人类的耳朵这时候派不上用场，你必须用心灵去倾听，你将会听到时间健康的心跳。它适应我们走向过去的全部需求。当然我们也可以沿着它走向未来。而我主要叙说的却是前者，因为我的朋友许苍竹正从时间的暗影中浮出。因为他的身影布满许多玄秘的

文字，我当然只能用心灵去破译它。

苍竹是时间的使者。

他可能完全听命于时间的冥冥召唤，他不得已而沉湎于往昔，在逝去的事物中往返奔走，因为他看到了生活的"底处"，暧昧而又陈旧。我想这肯定不是他的过错。人需要在大地上诗意地栖居，而现实的空间却过于狭小，他放飞的幻想之鸟，在低垂的云层下飞翔，可能已经不堪重负，或者伤痕累累。

他是个摄影者，他钟情于事物的既定存在，又热爱事物的虚幻之美。而现实对美还能留有多少凭据？在时间的沉淀中，那些不经意的、即使是遗漏的场景，也会使他走向澄明。我不知道他对幸福的见解，怎么竟与老托尔斯泰有着惊人的一致？而他对旧照片的偏爱，能是一条最终通向"重新演绎、设计过去的生活"的途径么？

我想苍竹是胸有成竹的。

他沿着旧照片看到生活的底蕴积聚着那么多的沉寂之火，但现实已将它们埋葬在沉重的山岳之下。苍竹为此在时间的暗影中为美而哭泣。没有人知道他的"不幸"，更没有人知道他在岁月的长廊中游走，是为了人生有一个美的修饰，而旧照片恰好为我们提供了人生"最好的插图"。

他无疑是一位理想主义者。他身上笼罩着那么多柏拉图式的精神光环，它们足以洞穿黑夜，因为在黑夜里潜伏的事物，有多少能比时光走得更远呢？我在一个有着上弦月的夜晚伫立窗前，内心里总是"昨夜的风雨更急"。而苍竹却在他的往事中徜徉。他把自己的生命摄入往事中了。透过迷蒙的月色，我看到他的身影在时间中定格，成为塞尚式的永恒的静物。

和费尔南多·佩索阿相遇

几年前，我大约听说过费尔南多·佩索阿这个名字。但是我这个人对外国人的名字不太敏感，一个享誉全球的现代主义文学大师，竟然在我的记忆中如流星一般倏然而逝，直至这个万物复苏的春天。

我向来并不怎么喜欢春天。淮河以北，春天多变的气候就像一个缺乏诚信的人那样令人生厌。每年这个季节，一场不大不小的疾病几乎总是和我如约而至。感冒，咳嗽，有时还弄一场38度以下的低烧来折磨你。人在病痛中最喜欢做什么？别人的感受我不太清楚，而我自己最想做的事情就是逃离。逃离，就像众神之车从你心头碾过。辚辚之声似乎萦绕，不绝于耳。这是一个若隐若现的念头。不是太清晰，朦朦胧胧。白昼杂事缠身，这个妖孽般的念头，也会知趣地及时隐身，只有夜深人静，只有世界的轮廓完全在夜色中隐匿。当我从一场地狱般的梦境中醒来，这个怪异的念头，才会变得如此的清晰和强烈。终于有一天，在2011年这个春天的尽头——一个令人神清气爽的早上，我确信自己体内的血液已经开始燃烧，如岩浆奔腾不可阻挡。我对自己说，是时候了。于是在这个万木葱绿的早上，我匆匆收拾行囊，开始逃离或者远行他乡。当我乘车数百公里，来到南方的某个城市，真的是不期而然，我和费尔南多·佩索阿相遇了。

应该准确地说，我和费尔南多·索佩阿的一部书相遇了。这部书名叫《惶然录》。书的封面上赫然印着佩索阿本人的肖像。戴着黑色礼帽和眼镜的费尔南多·佩索阿，脸膛清瘦、刚毅。深陷的眼眸有一种迷蒙的深邃。暗蓝色的底色，仿佛大海的凄迷与遥远。匠心独运的设计者似乎告诉你，此人来自一个神秘、遥远的国度。然而这部书竟然躺在一家书店一个并不显眼的脚落里。我几乎就要和大师擦身而过。那时我在这家书店里差不多逗留了一个半小时，腋下挟着的书已是厚厚的一摞，

正想付款走人。那时我似乎心有不舍，最后一次转身并且深情回眸，目光掠过紧挨着店门的书架。惶然录，这三个字如电光石火，这似曾相识的书名，于瞬间拨动我的心弦。我想过自己写过的一篇长文《祖父幻见录》。这两者之间虽不可比拟，但是我对此种类似文体还是倍感亲切的。于是我迅速将此书拿到手上。直到此时，我才看清书的作者是费尔南多·佩索阿。这个极为陌生的名字，直至很久才从我的记忆中渐渐浮现。说实话，这部价格不菲的书能够促使我买下它，还应该感谢韩少功先生。此书的译者正是韩少功本人。韩先生应该算作中国当代顶级作家，由他翻译此书，你没有理由不相信译作的上乘质量。我不仅迅速买下了它，还在此后几天的旅途中将这部煌煌30余万字的书读完了。

费尔南多·索佩阿是葡萄牙人，诗人、散文家。1888年生于里斯本，1935年离开人世，享年47岁。索佩阿生前寂然无名，仅出版过几部英文诗集和葡萄牙文诗集。直至20世纪40年代，他的作品才渐渐取得世界性影响。《惶然录》是佩索阿从1913年开始创作直到去世前还在写作的一部未竟之作。是一部长期散佚、后经众多佩索阿研究专家搜集整理而成的作品。因为《惶然录》，佩索阿被誉为"欧洲现代主义核心人物"、"杰出的经典作家""最能深入人心"的作家。韩少功写在前面的译序，无疑是我们解读这部书的一个窗口。有意思的是，原作者曾为这部书杜撰了一个名叫"伯纳多·索阿雷斯"的作者，和自己的名字读音相近。这当然不是有些先锋作家们所玩的离间化小噱头，倒是切合了原作者一贯的思想和审美诉求。他的灵魂和身体都是分裂的、破碎的。自己不仅仅是自己，自己是一个群体的组合，自己是自己的同者又是自己的异者。他在自己的身上发现一个"索阿雷斯"。他以他者的身份和视角来检视自己，并且寻求一种自我怀疑和自我对抗。

《惶然录》的全部文字是以"仿日记"的片断体组成。佩索阿是一个纯粹的先锋作家。他的叙事往往在平静中突然狂风四起，如神灵的衣衫拂过，如众神映照的迷幻梦境。佩索阿从1913年开始写作《惶然录》，而当时中国刚刚推翻满清帝制，新文化运动仍在孕育之中。几乎是一个世纪的时差，先锋文学才在中国大地上站稳脚跟。然而，这个迟

来的文化理念，在中国人的眼睛里仍然如小媳妇一般躲躲闪闪。一个善于学习的民族，才是一个优秀和强大的民族。这个道理谁都明白，但是做起来就困难了。文化自闭，导致精神与灵魂自闭，这是一件很可怕的事情。文学没有国界，这并不意味着我们必须要抛弃自己的文化传承。《红楼梦》我至今读了四遍，仍然觉得不够。有一次我问80后的女儿，《红楼梦》你读了几遍？她说一遍都没读完。我命令她必须读三遍以上。这是十多年前的事情了。那时她还没上大学。十多年后她主动提起此事，话语中对我充满感激。她说她已经读了五遍。

人来到这个世上，你不可能不和世界相遇。相遇，是我们成长和感知这个世界的前提。当中国国门打开的时候，我十分庆幸自己和世界一流的文学大师相遇。他们是：博尔赫斯、纳博科夫、卡夫卡、伍尔芙、米兰·昆得拉、马尔克斯、伊恩·麦克尤恩……如今在这个春光明媚的季节，我和费尔南多·佩索阿邂逅相遇。相遇在南方温暖的天空下。这对于我本人来说，可能太迟了，但是我仍然要说，和他相遇，是我一生的幸运和荣幸。